Classical | 经典译文

海涅诗选

Selected Poems of Heinrich Heine

【德】海因里希·海涅 ◎ 著
杨武能 ◎ 译

四川文艺出版社

图书在版编目（CIP）数据

海涅诗选 /（德）海涅著；杨武能译. — 成都：四川文艺出版社，2017.7
ISBN 978-7-5411-4708-1

Ⅰ.①海… Ⅱ.①海…②杨… Ⅲ.①诗集—德国—近代 Ⅳ.① I516.24

中国版本图书馆 CIP 数据核字（2017）第 154363 号

HAINIE SHIXUAN
海涅诗选
［德］海 涅 著
杨武能 译

责任编辑	程 川 周 轶
封面设计	叶 茂
内文设计	史小燕
责任校对	蓝 海
责任印制	喻 辉

出版发行	四川文艺出版社（成都市槐树街 2 号）
网　　址	www.scwys.com
电　　话	028-86259287（发行部）　028-86259303（编辑部）
传　　真	028-86259306

邮购地址	成都市槐树街 2 号四川文艺出版社邮购部　610031
排　　版	四川最近文化传播有限公司
印　　刷	成都东江印务有限公司
成品尺寸	140mm×203mm　1/32
印　　张	13.5　　　　　　　　　　字　　数　270 千
版　　次	2017 年 9 月第一版　　　　印　　次　2017 年 9 月第一次印刷
书　　号	ISBN 978-7-5411-4708-1
定　　价	49.80 元

版权所有·侵权必究。如有质量问题，请与出版社联系更换。028-86259301

才华横溢的诗人　坚贞不屈的战士
（译者序）

在德语近代文学史上，海涅堪称继莱辛、歌德、席勒之后最杰出的诗人、散文家和思想家。他不仅擅长诗歌、游记和散文的创作，还撰写了不少思想深邃、风格独特并富含文学美质的文艺评论和其他论著，给后世留下了一笔丰富、巨大、光辉而宝贵的精神财富。海涅尽管兼擅散文、游记和评论文章的写作，但是无论个人的性情和气质，还是创作的成就和影响，都仍然让我们首先尊他为一位出色的抒情诗人和伟大的时代歌手。

海因里希·海涅（Heinrich Heine, 1797-1856）出身在德国杜塞尔多夫市一个犹太商人的家庭里。父亲萨姆孙·海涅经营呢绒生意失败，家道中落；母亲贝蒂·海涅是一位医生的女儿，生性贤淑，富有教养，喜好文艺。在母亲的影响下，诗人早早地产生了对文学的兴趣，十五岁还在念中学时就写了第一首诗。可是他却不得不遵从父命走上经商的道路，十八岁时去法兰克福的一家银行当见习生，第二年又转到他叔父所罗门·海涅在汉堡开的银行里继续实习。在富有的叔父家中，海涅不仅尝到了寄人篱下的滋味（《屈辱府邸》一诗便反映他当时的经历），更饱受恋爱和失恋的痛苦折磨，因为他竟不顾门第悬殊，痴心地爱上了堂妹阿玛莉——一位他在诗里形容的"笑脸迎人，心存诡诈"的娇小姐。

1819年秋,因为前一年在叔父资助下兴办的哈利·海涅纺织品公司经营失败,在汉堡做呢绒生意的父亲也破了产,年轻的海涅完全失去了经商的兴趣和勇气,遂接受叔父的建议进入波恩大学学习法律,准备将来做一名律师。然而从小爱好文艺的他无心研究法学,却常去听奥古斯特·威廉·施莱格尔的文学课。

施莱格尔是德国浪漫派的杰出理论家、语言学家和莎士比亚翻译家,海涅视他为自己"伟大的导师",早期的文学创作受到了他的鼓励和指导。除此而外,从浪漫派诗人阿尔尼姆和勃伦塔诺整理出版的德国民歌集《男童的奇异号角》中,从乌兰特和威廉·米勒等浪漫派诗人的作品中,年轻的诗人也获得了不少启迪,汲取了很多营养。同时,他崇拜歌德,并遵照"导师"施莱格尔的建议老老实实地读了歌德的作品。还有英国的浪漫主义诗人拜伦也被他引为知己;他不只把拜伦的诗歌翻译成德文,还模仿拜伦的衣着、风度,创作上也受到了拜伦的影响,以致在19世纪20年代一度被称作"德国的拜伦"。这就难怪海涅的早期诗歌创作显示出不少浪漫派的特征,如常常描写梦境,喜欢以民间传说为题材,格调大多接近民歌等等。不过也仅此而已。因为他本身并不属于这个当时在德国已经逐渐过时的文学流派。后来,1846年,在为长诗《阿塔·特罗尔——一个仲夏夜的梦》所作的序里,海涅总结自己与浪漫派的关系道:"……我曾在浪漫派中度过我的最愉快的青年时代,最后却把我的老师痛击了一顿……"因为他在1833年写成的《论浪漫派》中,已对这个包括自己"导师"施莱格尔在内的派别做了严厉的批评。

1820年秋天,海涅转学到了哥廷根大学。跟在波恩时一样,他无心学业,却常参加一些学生社团的活动。后因与一个同学决斗受到停学处分,不得已于第二年再转到柏林大学。在柏林期间,海涅不但有机会听黑格尔讲课,了解了当时哲学所关注的所有问题,对辩证法有了初步的掌握,还经常出入当地的一些文学沙龙,结识了法恩哈根·封·恩泽夫妇以及沙米索、福凯等不少当时著名的文学家,大大地开阔了眼界,为日后成为一个思想深邃、敏捷的评论家打下了重要的基础。同时,他还参加犹太人社团的文化和政治活动,表现出了对社会正义事业以及犹太人命运的同情和关注。

1824年,诗人重返哥廷根大学,坚持学习到第二年大学毕业,并于7月20日获得法学博士的学位。在此之前不到一个月,他已接受洗礼皈依基督教,成了一名路得派的新教徒。

在个人生活方面,由于初恋情人阿玛莉在1821年8月嫁给了一个有钱的地主,诗人遭受了巨大的心灵创痛。而在一年多以后的1823年5月,他在汉堡又邂逅阿玛莉的妹妹特莱萨,再次坠入爱河。经受了恋爱和失恋的痛苦,这样一些不幸的经历,都明显地反映在了他早年的抒情诗中。

但是随着阅历的增长,见识的提高,海涅的文学创作也开始走向成熟,不但题材和体裁变得丰富多彩了,思想也更加深刻。特别是1824年,他从大学城哥廷根出发往东北行,徒步漫游了哈尔茨山及其周围地区,一路上尽情浏览自然风光,细心观察世态民情,在此基础上写成了《哈尔茨山游记》,为自己的创作开辟了一条新路。随后的四五年里,他又写了大量的游记和散文作品。

在19世纪20年代,海涅事实上已把更多的精力放到了游记的写作上,因为在他看来,那搜集了他早年那些优美而感伤的爱情诗的《诗歌集》,只是一条"无害的商船",而从《哈尔茨山游记》开始的游记作品,却是一艘艘装备着许多门大炮的"战舰"(见1827年10月30日致摩西·摩色尔的信)。无论是在旅居北海之滨的诺德尼岛时,或是在畅游南方文明古国意大利的途中,他都专注而细心地建造这样的"炮舰"。

随着收有《哈尔茨山游记》的《游记》(1826)第一卷和《诗歌集》(1827)等重要作品的相继问世,年轻的海涅已成为闻名全德乃至整个欧洲的诗人和游记散文家。

海涅生活在一个欧洲社会急剧动荡,新兴的进步力量与腐朽的反动势力殊死搏斗的时代。童年,在故乡杜塞尔多夫,他经历了拿破仑军队占领时期实行的一系列进步改革;作为犹太人,他深深体会到了平等、自由之可贵——他十八岁时在法兰克福所目睹的犹太同胞的悲惨处境,与此形成了鲜明的对比。对于素性敏感的诗人来说,生而为犹太人犹如一种宿命的不幸,简直就像一种先天埋藏在血液里的可怕"病毒",一种无法治愈的"痼疾"(见《汉堡的新以色列医院》),因此给他一生的思想和创作打下了深深的烙印。他有的作品,如《巴哈拉赫的法学教师》,则直接地描写了自己受压迫的犹太同胞的苦难。正因此,对于他所崇仰的解放者拿破仑的失败和欧洲大陆上随之出现的反动复辟,诗人的感受尤为痛彻;而在相比之下又特别黑暗、落后的德国,情况更令诗人触目惊心。写作于1826年的散文集《思想——勒格朗记》,则集中反映了海涅这一时期的思想感情，明白地表达了他对法国大革命的继承人和化身拿破仑的钦仰和感怀之情。这样的明显带有革命倾向的感情，在他的《两个掷弹兵》和《鼓手长》等不少诗歌中，也有流露和宣示。海涅特殊的出身和经历，注定了他终将成为一名战士和革命者。

1830年法国"七月革命"爆发，正在赫郭兰岛休养的海涅无比欢欣鼓舞，浑身充满了革命的激情，忍不住唱出了那首以"我是剑，我是火焰"开头和结尾的、充满战斗豪情的昂扬《颂歌》，渴望着去"投入新的战斗"。然而，诗人生活的德国在封建专制的重轭下仍如死水一潭，令人感到窒息。因为这个原因，加上他先后在汉堡、柏林和慕尼黑等地谋取律师和教授职位均告失败——主要因为他是犹太人而遭到反动教会人士的排斥——诗人遂于第二年的5月干脆移居到了巴黎。

在巴黎这个革命中心和国际文化大都会，海涅结识了巴尔扎克、大仲马、维克多·雨果和乔治·桑等法国大作家，以及肖邦、李斯特、柏辽兹等其他国家的音乐家和艺术家，经常有机会参加各种文艺聚会，观看演出和参观美术展览，过着紧张而充实的生活，眼界进一步地开阔了，思想进一步地活跃起来。在随后的十多年里，他虽也继续进行诗歌创作，但更多的时间和精力却用于为德国国内的报刊撰写通讯和时事评论，及时又如实地报道法国和巴黎的各方面情况，想让法兰西革命的灿烂阳光去驱散笼罩着封建分裂的德意志帝国的浓重黑暗，让资产阶级进步意识形态的熏风去冲淡弥漫在那儿的陈腐之气，于是产生了《法兰西现状》《论法国画家》《论法国戏剧》以及《路台齐亚》等一大批报道和文论。与此同时，他也向法国读者介绍德国的宗教、历史、文化、哲学以及社会政治现状，写成了《论浪漫派》《德国宗教和哲学的历史》等重要论著，帮助法国人民对德国精神生活的方方面面有比较深刻的认识。这样，海涅便开始了他写作生涯更紧密地联系现实和富有革命精神的第三个阶段。

在这个阶段，除去时评和文论，海涅还发表了小说《施纳波勒沃普斯基回忆录》《佛罗伦萨之夜》和《巴哈拉赫的法学教师》。只可惜这些作品全都是一些片断，而诗歌创作也几乎陷于停顿。这大概是因为时事过于动荡，诗人已无法静下心来从事纯文学的创作，拿德国著名的马克思主义文学批评家弗朗茨·梅林的话来说就是："海涅在三十年代极其严肃地对待他的'使徒的职责'和'护民官'的任务，因而他的诗歌创作就退居相当次要的地位了。"[1] 这意味着，海涅把自己革命战士的职责看得比他诗人的成就和荣誉还重。然而也多亏如此，他才得以充分展示在游记作品里已初露锋芒的社会观察家和批评家的才华，让后世能一睹其博大深邃的思想和英勇善战、坚强不屈的战士的风采。

1844年，海涅在巴黎遇见马克思，与这位比自己年轻的革命家及其周围的同志结下了亲密的友谊，受到了他们的共产主义理想的影响。这一年11月，诗人在流亡十三年后第一次短时间回祖国探望母亲，心情异常激动，以致一到边界心脏就"跳动得更加强烈，泪水也开始往下滴"。待到发现德国封建、落后的状况依旧，诗人更加悲愤难抑，于是怀着沉痛的心情写成

---

[1] 弗朗茨·梅林《论文学》，人民文学出版社1982年版第178页。

了长诗《德国，一个冬天的童话》。在诗里，他不仅痛斥和鞭挞形形色色的反动势力，而且发出了"要在大地上建立起天上的王国"的号召。这部作品与合在一起出版的《新诗集》，也和前面提到的那些时评和文论一样，都具有紧密联系社会现实、有力针砭时弊和富有革命精神的特点。也就难怪恩格斯会兴奋地宣告"德国当代最杰出的诗人海因里希·海涅也参加了我们的队伍"[1]，公开承认了他乃是一名革命战士。

进入19世纪40年代，特别是在成功写出《德国，一个冬天的童话》以后，海涅的诗歌之泉在干涸了近十年后又迅速而激越地流淌、喷涌起来，从而开始了他文学生涯的第四个阶段。在这个阶段，他写了大量如投枪匕首般锋利尖锐的时事诗，如被誉为"德国工人阶级的马赛曲"的《西里西亚的纺织工人》等等，对各式各样的反动势力进行无情的揭露和讽刺。也就是说，与早年的抒情诗相比，诗人这时的作品已发生了质的变化，不再是抒发个人喜怒哀乐的低吟浅唱，而成了战场上震撼心魄的鼓角和呐喊。可惜的是，在1848年法国爆发"二月革命"之后，整个欧洲都掀起了革命高潮之际，海涅的诗歌创作又中断了一两年。原因是诗人在年前罹患脊髓痨，到1848年已经卧床不起，正苦苦地与死亡进行着抗争。

进入19世纪50年代以后海涅的病情稍有缓和，在创作时事诗的同时，也写了不少音调沉郁、愤世嫉俗的抒情诗，哀叹自身不幸的命运和遭遇。他身为犹太人而倾向进步和革命，因

---

[1] 恩格斯《共产主义在德国的迅速发展》，《马克思恩格斯全集》中文版第2卷第591页。

而长期受到德国政府的迫害。自1835年起，他的作品就列入了德国官方的查禁名单，且高居榜首，新作更难在国内出版，稿费来源几近枯竭。与此同时，叔父所罗门·海涅对他的接济也早已断绝，在流亡中的诗人经济因此十分拮据，不得已便领取了法国政府发给的救济金。这事在1848年被国内的论敌知道了，海涅因此遭到恶毒攻击，再加上生活艰苦辛劳等原因，致使他患的脊髓痨进一步恶化。1851年，在妻子玛蒂尔德的陪同下，海涅好不容易支撑着病体，最后一次外出参观了罗浮宫博物馆，从此以后便长年地痛苦挣扎在他所谓的"床褥墓穴"中。可是尽管如此，诗人仍然像一位临死仍坚持战斗的战士一样坚持写作，直至1856年2月17日与世长辞。他在逝世前一年为自己的散文集《路台齐亚》法文版撰写的那篇序言，表明这位战士诗人至死不悔，始终忠于自己的共产主义信念和革命理想。

海涅享年五十八岁，比起那些与他差不多同时代而英年早逝的天才诗人、作家如棱茨、荷尔德林、比希纳以及拜伦和裴多菲来，可谓长寿。但是他并不幸福，因为不只出身微贱，而且一生颠沛流离，最后竟至客死他乡，虽然他爱法国和巴黎甚于自己的德意志祖国。根据诗人的遗愿，他死后安葬在了巴黎著名的蒙马特公墓。不过，诗人又可以说非常幸福，因为在后世德国乃至全世界读者的心中，他无疑已用既丰富多彩又才华横溢的作品，为自己竖立起了一座高大、宏伟和不朽的纪念碑。

海涅的出身、经历、交往和思想发展，都很自然地影响了他的文学创作，也反映在了他的作品特别是他的诗歌中。我们眼前这个集子选收了他各个时期的抒情诗代表作，并按年代加以编排，可以讲在相当程度上也反映了诗人生活际遇和思想发展的全貌。也就是说，在这个集子里，我们几乎能够看见"整个儿的海涅"。

海涅的诗歌创作包括抒情诗、时事诗、叙事诗以及长诗等样式或品种，可谓丰富多彩；其中尤其是抒情诗，无论立意、运思，还是语言风格，都有鲜明的个性，独特的风格。纵观整个德语诗歌史，海涅可称是继歌德之后最杰出的歌者。在世界诗坛上，海涅的成就和影响足以与英国的拜伦、雪莱，俄国的普希金，匈牙利的裴多菲等大家媲美。他的多半以爱情为题材的抒情诗，由舒曼、舒伯特、门德尔松、柴可夫斯基等各国大作曲家谱写成的歌曲多达三千首以上，数量甚至超过了被他和拜伦尊为"诗坛君王"的歌德，堪称世界第一。其中如《罗蕾莱》《你好像一朵鲜花》《北方有一棵松树》《乘着歌声的翅膀》《我曾在梦中哭泣》等等，更是受到各国作曲家的青睐，被反复谱曲，少的就有六七十次，最多的《你好像一朵鲜花》竟达到一百六十次以上，恐怕也已算得上世界之最。所有这些脍炙人口的歌曲，还有许多类似的优美动人的抒情诗，一个多世纪以来在世界范围内广泛流传，特别是受到正处于青春期的烦恼苦闷中的年轻人和漂泊异乡的游子们的喜爱。记得多年前，在笔者就读的南京大学德文专业，《心，我的心，你不要忧郁》和《你好像一朵鲜花》这样的诗篇，便曾被工工整整地抄下来，在男女同学中间相互赠送。如前一首仅短短八行：

心，我的心，你不要忧郁，
快接受命运的安排，
寒冬从你那儿夺走的一切，

新春将重新给你带来。

为你留下的如此之多，
世界仍然这般美丽！
一切一切，只要你喜欢，
我的心，你都可以去爱！

想当年，不幸是既烦恼苦闷又漂泊异乡的穷小子的我，确实从一位同窗抄送给我的这首小诗中获得了不小的慰藉，不，岂止慰藉，简直是生活的勇气。

上述大多写成于早期和19世纪二三十年代的抒情诗，以及部分50年代产生的哀叹自身命运的诗，固然都情真意切，音韵优美，感人肺腑，然而常常却不免情调缠绵、忧伤、凄切。与之形成鲜明对照的是，海涅在革命的三四十年代所写的大量所谓时事诗，以及产生于1825、1826年这两年的韵海诗。

最著名的时事诗如《颂歌》《教义》《倾向》《等着吧》和《西里西亚的纺织工人》等等，都以音调铿锵、气势豪迈而深受读者喜爱，因此成为诗歌朗诵会的保留节目。其实，这些所谓时事诗同样是优秀的抒情诗，只不过它们所抒发的已不限于个人一己的喜怒哀乐，而是从对时代和大众的深切关怀中所迸发出来的革命豪情，因而也具有动人心魄的力量和巨大深刻的社会意义，赢得了更广泛的赞誉。它们是战斗的呐喊，冲锋的号角，所谓时事诗应该说也就是时代的诗，因为它们是战士海涅在那革命的年月发出来的时代最强音。

至于那两组韵海诗，同样不仅写出了大海的宽广浩渺、粗犷豪迈、澎湃汹涌和变化无常,也就是说并非自然景物的纯客观描绘,而都是诗人借景抒怀,与其抒情诗的不同只在于表现得含蓄一些罢了。很显然,它们虽同为抒情诗,所表现的感情却各式各样,手法也有相应的变化。例如《表白》《舟中夜曲》和《海中幻影》这三首诗都涉及爱情这同一主题,然而我们读后的感受却大不相同。其中特别是《表白》,比起海涅早年那些多少有点轻佻的情诗来,更具有大得多的震撼力。

20世纪以来,经过鲁迅、郭沫若、段可情、冯至、林林以及其他一些前辈作家和翻译家的译介,海涅已成为我国广大读者所十分熟悉和热爱的一位外国诗人。在重新选译他的抒情诗和时事诗的过程中,笔者从前辈特别是本人的业师冯至教授的旧译学习了不少东西,目的是使这新译更加完善,更具可读性,更加上口和富有诗味。

综上所述,海涅从十五岁写第一首诗开始,直至逝世前两周吟成绝笔诗《受难之花》,几乎与诗歌一生相伴,文学创作特别是诗歌创作几乎成了他的全部生命。他的诗歌创作大致可以划分为三个阶段:

一,早年,他"囿于温柔的羁绊",抒写的主要是自己个人对于堂妹阿玛莉和特莱赛的恋慕之情和失恋的痛苦。此外,他也创作了一组气魄宏大的咏海诗,并在另外一些诗中,表达了对法国大革命的同情,对德国社会现实的愤懑和不满。海涅这个时期的作品,特别是其中的爱情诗,大多充满郁闷和哀愁,但却哀而不怨,甚至时时叫人觉得风趣而俏皮,整个风格既清新、柔美、飘逸,又单纯、质朴、自然、热烈,富于民歌的韵致。郭沫若在1920年出版的《三叶集》中对海涅的诗十分欣赏,称它"丽而不雄",应该讲用来评价海涅的早年诗歌创作是很恰当的。这一时期最富代表性的作品为:《罗蕾莱》《北方有一棵松树》和《你好像一朵鲜花》等。

二,1830年法国七月革命爆发,海涅迅速"投身时代的伟大战斗行列",诗歌创作遂进入成熟的中期。在19世纪40年代欧洲普遍高涨的革命形势激励鼓舞下,在马克思的影响帮助下,他的诗歌创作达到了前所未有的光辉顶点。这时,他诗中的玫瑰与夜莺已经被剑和火焰代替,诗人充分显示了自己"打雷的本领"。在各个阶段,海涅创作了不少政治时事诗,其中不乏雄浑豪放之作,喇叭和大炮之声时时可闻。在这个阶段,他写成了《颂歌》《教义》《倾向》《西里西亚的纺织工人》以及长诗《德国,一个冬天的童话》等富于战斗精神的诗篇,其中特别是《西里西亚的纺织工人》(1844),更被誉为"德国工人阶级的马赛曲"。

三,1845年特别是1848年以后,受到大革命的失败和自身健康状况急剧恶化的影响,海涅的诗歌创作由斗志昂扬、激情奔放的中期,转入了低沉悲壮的晚期。读着他那些怀念故土、慨叹人生、愤世嫉俗的篇章,我们仿佛看见诗人辗转反侧在"床褥墓穴"中,咬紧牙关,忍受着难以名状的肉体和精神的痛苦,与敌人和命运,与酿成这命运的社会进行着顽强的、最后的抗争。他这个时期的作品虽难免带有失望彷徨的情绪,格调也倾向凄恻哀婉,但却始终如一地保持着乐天的战斗精神,风格仍然是那样自然、单纯、诚挚,字里行间还不时透出机智和幽默。像《现在往哪里去》《决死的哨兵》和《遗嘱》等作品,都很好表现了诗人宁折不弯、宁死不屈的战士情怀。

在此不妨强调一下，这贯穿于海涅整个创作中的机智和幽默情趣，应该说是使他区别于其他所有抒情诗人的一个最为突出的天赋特征。正是它，显露出了海涅作为一位目光犀利的思想家的本色，使他的诗内涵更加深沉丰富，更加耐人寻味。在不同时期的不同作品中，这种幽默情趣，或表现为对不幸际遇的自我解嘲，或表现为对朋辈的友好调侃，或表现为对敌人的尖刻讽刺……这种幽默情趣，从本质上讲，乃是海涅积极乐观的天性和不屈不挠的斗争精神的反映，乃是才华横溢的诗人和坚贞不屈的战士海涅区别于其他杰出诗人的主要风格特征和辨识标志。

目录

1816
用玫瑰、柏枝和金箔片 / 001
教　训 / 003

1817
早上我起身便问…… / 004
我奔来跑去，坐卧不宁 / 005

1819
我的烦恼的美丽摇篮 / 006
山岭和古堡低头俯瞰…… / 008
一开始我几乎绝望…… / 009
两个掷弹兵 / 010
朵朵花儿，一齐…… / 013
美丽的明亮的金色的星星 / 014

1820

伤心人 / 015

可怜的彼得摇摇晃晃地走来…… / 016

杜卡登之歌 / 017

赠　别 / 019

大实话 / 020

致A.W.v.施莱格尔 / 021

致母亲B．海涅 / 023

1821

写给克里斯蒂安・S的十四行诗 / 025

我曾梦见过热烈的爱情 / 027

我独自漫步树荫…… / 028

听着，德意志的男人、姑娘和妇女 / 029

是的，你怪可怜，我却不气恼…… / 031

小小的花朵倘若有知…… / 032

我的泪水里将有…… / 033

1822

用你的脸贴着我的脸…… / 034

我愿将我的灵魂…… / 035

星星们高挂空中…… / 036

乘着歌声的翅膀…… / 037

玉莲花模样儿羞涩…… / 039

你不爱我，你不爱我…… / 040

噢，不用发誓，只需亲吻…… / 041

世人真愚蠢，世人真盲目……/ 042
吹起笛儿拉起琴……/ 043
为什么玫瑰这般苍白 / 044
他们给你讲了很多……/ 045
我痴迷地沉溺于梦想……/ 046
世界多么美，天空多么蓝……/ 047
北方有一棵松树 / 048
啊，我真愿……/ 049
自从爱人离我远去……/ 050
我用自己巨大的哀伤……/ 051
一个青年爱一个姑娘 / 052
一听见这只曲子……/ 053
亲爱的，我俩相偎相依……/ 054
他们全都使我痛苦……/ 055
你的小脸儿上……/ 056
两个人分别之时……/ 057
他们在茶桌旁相聚……/ 058
我又重温了昔日的旧梦 / 060
我曾在梦中哭泣……/ 061
一颗星星落下……/ 062
午夜如此寒冷而死寂……/ 063
一个人要是轻生自杀……/ 064
室外尽管积雪如山……/ 065
五月已经到来……/ 066
我梦见我做了上帝 / 067

1823

在我极其阴暗的生活里…… / 071
罗蕾莱 / 072
我的心,我的心儿忧伤…… / 074
风雨飘摇的夜晚…… / 076
旅途中,我曾与他们…… / 078
我们坐在渔舍旁 / 080
月亮升上了夜空…… / 082
大风穿上了裤子…… / 083
狂风吹奏着舞曲…… / 084
每当清晨,亲爱的…… / 085
请接受我的敬意…… / 086
而今我又得旧地重游…… / 088
既然知道我还活着…… / 089
站在昏沉沉的梦中…… / 090
我这不幸的阿特拉斯啊! / 091
一弯儿苍白的秋月…… / 092
"对你的一片痴情"…… / 094
他们俩倾心相爱 / 095
我梦见我的爱人…… / 096
"亲爱的朋友啊!你干吗"…… / 098
是时候了,我要理智地…… / 099
心,我的心,你不要忧郁 / 100
你好像一朵鲜花 / 101
嘴儿红红的姑娘 / 102
有人祷告圣母玛利亚 / 103

我想留在你这儿……/ 104
今晚她们有聚会……/ 105
第一次谈恋爱的人……/ 106
他们赠我金玉良言……/ 107
一等你做了我的妻子……/ 108

1824

弗丽德莉克 / 109
一个古德意志青年的怨歌 / 113
每当我向你们诉苦、抱怨……/ 115
朋友，别嘲笑魔鬼 / 116
三圣王从东方走来……/ 117
姑娘，当初我们都是小孩……/ 118
世界和人生太残缺不全 / 120
离开你们在美好的七月……/ 121
坐在黑暗的驿车里……/ 122
这野女子何处栖身……/ 123
骠骑兵身穿蓝色制服……/ 124
我在年轻的时候 / 125
在萨拉曼加的城垣上……/ 126
死是清凉的黑夜 / 128
给一个变节者 / 129
我俩刚刚见面……/ 131
哈雷的广场上立着……/ 132
朦朦胧胧的夏夜……/ 134
浮现吧，你们旧梦……/ 135

1825

加　冕 / 137

落　日 / 139

黄　昏 / 142

表　白 / 144

舟中夜曲 / 146

海的寂静 / 151

海中幻影 / 153

解　脱 / 157

和　平 / 159

1826

向大海致敬 / 162

问　题 / 166

凤　凰 / 168

尾　声 / 170

1827

悲　剧 / 172

丁香是何等的芳馨…… / 174

从我的记忆里开放出…… / 175

寒冷的心中揣着厌倦 / 176

深秋的雾，寒冷的梦 / 177

1828

春夜的美丽的眼睛 / 178

我爱着一朵花 / 179
温暖的春夜 / 180
情况紧迫，警钟齐鸣 / 181
唉，我渴望能流泪…… / 182
每当你经过我身旁 / 183
梦中的窈窕莲花…… / 184
你写的那封信 / 185

1829
天空灰暗、平庸 / 186
白昼恋着黑夜 / 187
警　告 / 188

1830
坐在白色的大树下…… / 189
林中草木正发芽转青…… / 191
优美悦耳的乐音 / 192
蝴蝶爱上了玫瑰花 / 193
树木一齐奏乐 / 194
"始作俑者原本是夜莺……" / 196
蓝色的春天的眼睛 / 198
你要有一双好眼睛 / 199
在黑暗中偷来的吻…… / 200
从前有一位老国王…… / 201
月亮像个巨大的柠檬…… / 202
在美术陈列馆里 / 203

叹　惜 / 204
颂　歌 / 205

1831
公元一八二九年 / 206

1832
致一位当年的歌德崇拜者 / 208

1833
异国情思 / 210
创世之歌 / 214
陌路美人 / 217
变　换 / 220

1835
何　处 / 222
一个女人 / 223

1840
德　国 / 224

1841
为了一个大胆的念头 / 226
致赫尔威 / 227

1842

教　义 / 228
巡夜人来到巴黎 / 229
倾　向 / 232
婴　儿 / 234
诺　言 / 236
领　悟 / 238
在可爱的德意志故乡 / 240

1843

鼓手长 / 242
生命的航程 / 246
教区委员普罗米修斯 / 248
夜　思 / 250
致一位政治诗人 / 253
路德维希国王颂歌 / 255

1844

亚当一世 / 263
蜕　变 / 265
颠倒世界 / 267
汉堡新以色列医院 / 270
掉换来的怪孩子 / 273
等着吧 / 274
西里西亚的纺织工人 / 275
老玫瑰 / 277

重　逢 / 279

1845
题玛蒂尔德的纪念册 / 281

1846
阿斯拉人 / 282
致青年 / 284
赞　歌 / 285
宫廷传奇 / 288

1847
如果人家背叛了你 / 290
瓦尔克莱之歌 / 291

1849
1849年10月 / 293

1850
三月以后的米歇尔 / 298

1851
大卫王 / 301
神　话 / 303
怀　疑 / 304
复　活 / 306

懊　恼 / 308
和睦的家庭 / 309
笃　实 / 310
世　道 / 311
回　顾 / 312
垂死者 / 314
穷光蛋哲学 / 315
回　忆 / 316
瑕　疵 / 318
告　诫 / 321
退了火的人 / 322
所罗门 / 324
逝去的希望 / 326
祭　辰 / 329
忧愁老太 / 331
致天使 / 333
噩　梦 / 335
熄　灭 / 337
遗　言 / 338
Enfant Perdu / 340

1853

我曾无日无夜地嘲笑…… / 342
男盗和女盗 / 343
在五月 / 345
屈辱府邸 / 347

即将去世的人 / 352
三十年战争中的随军女贩之歌 / 354
蜻　蜓 / 357
忠　告 / 361
克雷温克尔恐怖年代的回忆 / 363

1854

无穷的忧虑 / 366
天生的一对 / 368
忠　告 / 371
渴望安宁 / 372

1855

警　告 / 374
铭　记 / 375
我的白昼明朗…… / 376
我不嫉妒那些幸运儿…… / 377
钟点，天日，无尽的永恒…… / 380
劝　告 / 381
1649－1793－？？？？ / 382
遗　嘱 / 384

帕格尼尼（音乐小说）/ 388

海涅生平及创作年表 / 399

1816

用玫瑰、柏枝和金箔片

用玫瑰、柏枝和金箔片,
我着意将这本小书装点,
让它变作精致可爱的棺木,
好把我的诗歌盛殓。

啊,但愿还能装进我的爱情,
我爱情的墓畔有宁馨的花朵滋生,
这花朵啊恣情开放,任人摘取——
可要它为我开,只有我身入坟茔。

我的诗歌啊曾经多么热情奔放,
恰似埃特纳火山[1]喷吐的岩浆,
它涌流自我的心灵的深处,
还向四周迸射过许多火光。

---

[1] 埃特纳火山,意大利西西里岛东岸活火山。其名来自希腊语 Atine,意为"我燃烧了"。为欧洲最高活火山。

如今它们无声无息，死气沉沉，
如今它们黯然失色，冰冷僵硬。
可一当爱的精灵在头顶上盘旋，
旧日的烈火又会给它们新的生命。

到那时我心中的预感会发出喊声：
爱的精灵就要使我的诗焕发青春；
有一天这本书也会落到你的手里，
你这远在他乡的甜蜜而可爱的人。

到那时诗歌中的魔魇将会解除，
苍白的字句将凝望着你的美目，
它们将向你哀告，向你倾诉，
用爱的唏嘘，以及爱的痛苦。

教　训

母亲告诫小蜜蜂：
"发光的蜡烛别去碰！"
母亲不停地讲啊讲，
小蜜蜂全当耳边风。

它围着烛光团团转，
还一个劲儿嗡嗡嗡，
听不见母亲大声唤：
"小蜜蜂呀，小蜜蜂！"

青春的血液，狂暴的血液
把它赶进了烛焰中，
烛焰中间火熊熊：
"小蜜蜂哟，小蜜蜂！"

只见红光一忽闪，
烈火已把它葬送——
小伙子啊，小伙子，
年轻的姑娘别瞎碰！

1817

早上我起身便问……

早上我起身便问:
亲爱的今天可会来?
晚上躺下时却叹惜:
今天她还是没来。

夜里我满怀苦闷,
辗转反侧难以入眠;
白天却昏昏沉沉,
就像在梦游一般。

我奔来跑去,坐卧不宁

我奔来跑去,坐卧不宁!
几小时后我就要见到她,我的爱人;
我的爱人,漂亮姑娘中最漂亮的那个——
可你干吗突突狂跳啊,我忠诚的心!

然而,时光却是一群懒汉!
他们步履拖沓,悠悠闲闲,
一路上哈欠打个没完没了——
我说快点啊,你们这些懒汉!

我真个心急火燎,焦躁难耐!
可叹时间女神从来不谈恋爱;
她们密谋策划,发誓跟我们作对,
她们看不惯这些恋人,如此急不可待。

1819

我的烦恼的美丽摇篮

我的烦恼的美丽摇篮,
我的安宁的美丽墓碑,
美丽的城市啊,我们必须分手——
别了!我要向你发一声吼。

别了,你神圣的家门,
我的爱人曾在这里出出进进;
别了,你神圣的地域,
我在这里初次见到我的爱人。

要是我从来不曾见过你,
我心中美丽的女王,
那就不会发生后来的一切,
我今天也不会如此悲伤。

我从不想打动你的心,
我从不曾乞求你的爱,
我只渴望安安静静地生活,

在轻拂着你的呼吸的所在。

可你自己却逼我离去,
还亲口吐出刻毒的话语;
我的感官已被狂念搅乱,
我的心也受了伤,生了病。

如今我的四肢软弱无力,
手扶游杖,艰难前行,
一直到我把疲倦的头颅,
放进异乡阴冷的坟茔。

山岭和古堡低头俯瞰……

山岭和古堡低头俯瞰
明澈如镜的莱茵河,
我的船儿欢快地扬着帆,
划过日光里闪亮的金波。

我静静地观赏着那
嬉戏的浪花,跳荡的涟漪,
在心胸深处不知不觉又有
沉睡了的情感复活。

美丽的河流含笑点头,
诱我投入它的怀抱;
可我了解它:表面光明,
内里却藏着死亡和黑夜。

笑脸迎人,胸存诡诈,
河啊,你正是我爱人的写照!
瞧,她不也会亲亲热热地点头?
她不也会妩媚温柔地微笑?

一开始我几乎绝望……

一开始我几乎绝望,
以为自己断难忍受;
可我到底忍受了下来——
只是别问:如何忍受?

两个掷弹兵

两个掷弹兵踏上归途,
从被俘的俄国回法兰西。
一当进入德国的领土,
他俩便不禁垂头丧气。

他俩听到可悲的消息:
法兰西已经没了希望,
大军整个儿一败涂地——
皇上也落进敌人手掌。[1]

两个掷弹兵抱头痛哭,
为着这个可悲的消息。
一个道:"我真痛苦啊,
旧伤口又火烧火燎的。"

---

[1] 在1813年的莱比锡战役中,拿破仑几乎全军覆没,第二年不得不退位,并被流放到了地中海里的厄尔巴岛。

另一个说:"大势已去,
我也想和你一道自杀,
只是家里还有老婆孩子,
没了我他们休想活啦。"

"老婆算啥?孩子算啥?
我的追求可更加高尚;
饿了就让他们讨饭去吧——
他被俘了啊,我的皇上!

"答应我的请求吧,兄弟:
如果我现在就一命呜呼,
请运我的尸骨回法兰西,
把我埋葬在法兰西故土。

"这红绶带上的十字勋章,
你要让它贴着我的心口;
把这步枪塞进我的手掌,
把这长刀悬挂在我腰头。

"我这样躺在坟墓里面,
就像一名警惕的岗哨,

直到有朝一日我又听见
大炮轰鸣,奔马长啸。

"这时皇上纵马跃过坟头,
刀剑铿锵撞击,闪着寒光;
我立即全副武装爬出来——
去保卫皇上,我的皇上!"[1]

---

[1] 海涅是法国大革命和拿破仑的同情者和拥护者,这首诗实际上抒发的是他自己的感情。

朵朵花儿,一齐……

朵朵花儿,一齐
仰望明亮的太阳,
条条江河,一齐
奔向闪亮的海洋。

所有歌儿,一齐
飘向我漂亮的爱人;
带去我的泪水和叹惜吧,
你们忧伤凄婉的歌曲!

美丽的明亮的金色的星星

美丽的明亮的金色的星星,
请代我问候远在他乡的爱人,
告诉她:我还和从前一样,
心患相思,面色苍白,对她忠诚。

1820

伤心人

看着这苍白的少年,
没有谁不感到心疼:
他满脸的痛苦愁烦,
要多分明有多分明。

轻拂的微风同情他,
扇凉他燥热的额头;
傲慢的姑娘抚慰他,
把笑意送进他心头。

他躲避市民的喧嚣,
逃向那郊外的森林。
林中叶簌喧闹嬉笑,
还有百鸟欢歌啭鸣。

可一当伤心的人儿
慢慢地走近这树林,
枝叶沙沙变得凄惨,
鸟儿也都哑然无声。

可怜的彼得摇摇晃晃地走来……

可怜的彼得摇摇晃晃地走来,
怯生生,慢腾腾,脸色苍白。
过往行人只要将他瞧见,
几乎一个个全踟蹰不前。

姑娘们交头接耳,窃窃私语:
"这家伙准是墓穴里爬出来的。"
唉,才不是喽,可爱的姑娘,
他呀,现在刚好要走进坟场。

他已然失去心中珍爱之物,
因此墓穴成了最好的归宿,
他不妨安安心心躺在那里,
一睡便睡到那世界末日。

杜卡登[1]之歌

我的金铸的杜卡登啊,
告诉我,你们现在何处存身?

可是陪伴着金色的小鱼,
在清澈见底的溪水中
快活自由地浮沉?

可是陪伴着金色的小花,
在洒满朝露的绿野里
妩媚地眨着眼睛?

可是陪伴着金色的小鸟,
在一碧如洗的天幕上
身披着霞光飞行?

可是陪伴着金色的星星,

---

[1] 德国古金币。

在云汉璀璨的夜空中
永远地含笑盈盈?

唉!你们金铸的杜卡登啊,
你们既不在清溪中浮沉,
也不在绿野里眨动眼睛;
既不在蓝天上自由飞行
也不在夜空中含笑盈盈——
我的债主们,我敢担保,
他们把你们抓得很紧。

赠　别
——题纪念册

我们这世界是一条大公路，
我们人不过是路上的过客；
匆匆来去，或骑马或徒步，
如赛跑选手，像送信使者。

彼此擦身而过时点头致意，
或者拿手绢在车窗外挥舞；
拥抱亲吻嘛原本也挺乐意，
无奈狂奔的马匹已停不住。

咱俩刚相逢在同一个站上，
亚历山大王子[1]啊，亲爱的，
然而车夫已将启程号吹响，
号声中咱俩只得各奔东西。

---

[1]　亚历山大·封·维特根施泰因王子是海涅在波恩大学的同学。

大实话

当春天带来明媚的阳光,
花朵便会竞相开放;
当月亮踏上光辉的旅程,
星星便会随后徜徉;
当歌手瞅见盈盈的秋波,
歌声便会涌出心房——
可是歌声、星星和花朵,
还有明眸、月光和春阳,
这些东西尽管叫人喜爱,
却还远远不能构成世界。

致 A.W.v. 施莱格尔[1]

穿着带衬架的长裙,花枝招展,
腮帮上贴着美人痣,浓施粉黛,
鞋儿尖似鸟喙,垂着花边饰带,
云鬓高耸如塔,纤腰黄蜂一般:

当初冒牌缪斯就如此浓妆艳抹,
来俯就于你,亲切地将你拥抱。
而你却避开她,从她身边逃掉,
继续你的追求,好似走火入魔。

在古老的荒野你找到一座宫殿,
有位绝色女郎酣睡在宫殿里面,
她中了魔法,像尊可爱的石像。

---

[1] 奥古斯特·威廉·封·施莱格尔(August Wilhelm von Schlegel, 1767-1845)是海涅同时代最著名的文学评论家,海涅在波恩大学听过他讲德国文学史,早期的诗歌创作得到了他的鼓励。

魔法解除了，一当你亲她一亲，
德意志的真缪斯已微笑着苏醒，
投入你怀抱，爱得你如痴如狂。

致母亲B．海涅[1]

一

我惯于高高地昂起头颅，
性情也有些固执、倨傲；
纵使国王正视着我的脸，
我也绝不肯低眉顺眼。

可是，母亲，我坦白对你说：
我尽管高傲自大，目空一切，
在你的幸福而亲切的身旁，
我却常常感到卑微、胆怯。

是你的精神悄悄制服了我？——
你崇高的精神无往不胜，
光明灿烂可与日月辉映。

---

[1] 海涅的母亲原名佩伊拉（Peira），后改名白蒂（Betty），娘家姓盖尔代恩（Geldern）。她酷爱文艺，对海涅的成长很有影响。

还是往事的回忆令我难过?——
我曾干下那样一些事情,
伤了你爱我的慈母之心。

二

我曾狂妄地离开你,
想要走遍天涯海角,
看何处能寻找到爱,
好满怀着爱将爱拥抱。

我找遍了大街小巷,
挨门挨户伸手乞讨,
求人给我些许爱的施舍——
可得到的只是笑骂冷嘲。

我不停地走到东,走到西,
哪儿也没有爱,没有爱,
我终于转回家,痛苦又悲哀。

这时母亲你迎着我走来,
啊,瞧你那眼里浮泛着的,
不正是我久寻不着的甜蜜的爱?

1821

写给克里斯蒂安·S的十四行诗[1]

一

我不跳祭神舞,也不对神祇焚香祷告,
它们表面披金裹银,骨子里却泥塑木雕;
我不握背地里糟蹋我名字的坏小子的手,
他们当面对我嘻嘻哈哈,然而笑里藏刀。

我不在妖冶的仕女面前低首下心,
她们无耻地将自己的丑行炫耀;
我不跟着愚民一起当牛做马,
他们甘愿拉着偶像的凯旋车奔跑。

我清楚,傲岸的橡树难免倾倒的命运,
溪畔的芦苇却凭着柔软灵活的腰肢
无论何时总能在风风雨雨中站住脚。

---

[1] 克里斯蒂安·塞特(Christian Sethe,1789-1857)是海涅的同学和挚友。原诗共九首,这里只选择了两首。

可告诉我,芦苇的前途又将怎样?
真幸运啊:能充当浪荡子的游杖,
能做成擦靴匠拍打衣裳的掸灰条!

二

我嗤笑索然无味的纨绔子,
他们瞪着我,山羊似的一脸蠢相;
我嗤笑老奸巨猾的狗密探,
他们嗅着我,把鼻子伸得来老长。

我嗤笑学识渊博的猢狲,
他们自我鼓吹,俨然精神界的法官;
我嗤笑胆小怯懦的恶棍,
他们恐吓我,用毒汁浸过的刀和箭。

纵令我们幸福所必需的一切
已被命运的双手捣毁、砸烂,
扔到了我们的脚边;
纵令我们身体里的心
已被撕裂,已被割破,已被刺穿——
洪亮而高昂的笑声仍将我们陪伴。

我曾梦见过热烈的爱情

我曾梦见过热烈的爱情,
还有漂亮的鬈发、桃金娘和木樨,
我曾梦见过甜蜜的唇和刻毒的话,
还有忧郁的歌儿和忧郁的乐曲。

昔日的梦境啊早已经褪色、飘散,
就连梦中的倩影也都杳然逝去!
留给我的只有这软绵绵的曲调,
以及用这曲调铸成的狂热诗句。

你独自留下的歌曲啊,飘散吧,
去追寻我那久已消失的旧梦!
见着它请代我向它问一声好,
我要给空虚的梦影捎去空虚的叹息。

我独自漫步树荫……

我独自漫步树荫,
怀揣着苦闷悲哀;
突然间心里一惊,
是旧梦倏然袭来。

你们空中的鸟儿啊,
谁教你们唱这支歌?
别唱啦!听见它,
我的心又特难过。

"曾经有一位女郎,
她老唱这支歌曲,
我们鸟儿便学会唱
这支美妙的金曲。"

乖巧狡猾的小鸟啊,
别再对我提这事情;
你们想给我以抚慰,
可我谁都不再相信。

听着,德意志的男人、姑娘和妇女

听着,德意志的男人、姑娘和妇女,
你们要征集签名、不惧辛劳!
法兰克福的市民们做出决定,
要为诗人歌德把纪念碑建造。[1]

"让来赶博览会的外地商贩瞧瞧,"
他们心里嘀咕,"咱们是诗人的同胞,
从咱们的粪堆里开出了美好的花朵,
谁还能不闭上眼睛,大胆和咱们成交。"

啊,别去碰诗人的桂冠吧,
你们富商巨贾!留下你们的钱包,
纪念碑歌德已自己替自己建好。

尿褯褓那会儿他的确与你们相近相亲,

---

[1] 1819年,歌德故乡法兰克福成立了一个委员会,准备为诗人建造纪念碑,后因资金短缺未能实现计划。

可眼下离你们却远胜云霄,恰似你们
与萨克森豪森[1]之间隔着一条小小河道。

---

[1] 萨克森豪森现为法兰克福的一个区,与老城之间横亘着美茵河。

是的,你怪可怜,我却不气恼……

是的,你怪可怜,我却不气恼——
亲爱的,咱俩原本一对儿可怜虫!
直到死神使我们痛苦的心碎掉,
亲爱的,咱们注定是俩可怜虫!

你嘴角边泛起的嘲讽我看得清楚,
你桀骜不驯的目光我也注意到,
我还看见你傲慢地挺起了胸脯——
可你仍旧可怜,与我比不差分毫。

你的唇边隐隐得见痛楚抽搐颤抖,
强忍的泪水已经使你目光浑浊,
你骄傲的胸中深藏着秘密的伤口——
亲爱的,咱们注定是俩可怜虫。

小小的花朵倘若有知……

小小的花朵倘若有知,
知道我的心受伤多重,
它们定会跟着我哭泣,
为的是减轻我的悲痛。

夜莺儿们倘若也有知,
知道我何等多愁多病,
它们将快快活活唱起
那抚慰我心灵的歌声。

金色的星星高挂天上,
要是也知道我的痛苦,
它们一定会从天而降,
为了温柔地将我安抚。

可它们全都无法知道,
知道我苦衷的只有她:
我的心啊给人撕碎了,
撕碎我心的人正是她。

我的泪水里将有……

我的泪水里将有
无数鲜花滋生,
我的哀叹将化作
夜莺们的啼鸣。

你若爱我,宝贝儿,
我把花全送你,
还让在你的窗前
时时可闻莺啼。

1822

用你的脸贴着我的脸……

用你的脸贴着我的脸,
让眼泪流淌在一起;
用你的心靠着我的心,
让爱焰炽烧在一起!

一当我们的泪似激流
注入这熊熊的爱焰,
一当我的臂将你紧搂——
为相思我死也心甘!

我愿将我的灵魂……

我愿将我的灵魂
浸进百合的花萼；
让它清脆地吟唱
一曲我爱人的歌。

歌声要羞涩哆嗦，
像她亲吻的嘴唇，
她曾这样吻过我，
在那甜美的时辰。

星星们高挂空中……

星星们高挂空中,
千万年一动不动,
彼此在遥遥相望,
满怀着爱的伤痛。

它们说着一种语言,
美丽悦耳,含义无穷,
世界上的语言学家,
谁也没法将它听懂。

可我学过这种语言,
并且牢记在了心中,
供我学习用的语法,
就是我爱人的面容。

乘着歌声的翅膀……

乘着歌声的翅膀,
亲爱的,我带你前往,
去到恒河的岸旁,
我知道的最美的地方。

在静静的月光下,
那儿的花园红花盛开;
玉莲花痴心等待,
等忠诚的小妹妹到来。

紫罗兰巧笑生媚,
仰望着夜空中的星星;
玫瑰花窃窃私语,
相互倾诉芬芳的爱情。

羚羊跳过来偷听,
一副虔诚、机灵样儿;
远处有隐隐涛声,

是圣河正在掀波涌浪。

我俩就降落此地,
在一丛棕榈树的树荫,
畅饮爱情和安谧,
如此咱们便美梦成真。

玉莲花模样儿羞涩……

玉莲花模样儿羞涩,
害怕见太阳的光芒,
因此便低垂着头儿,
把夜晚期待、梦想。

月亮是玉莲花的情人,
照得它从梦中醒来;
它温柔地揭下面纱,
显露出柔媚的风采。

它灿烂地盛开怒放,
默默地注视着夜空;
它哭泣、颤抖、芬芳,
怀着爱与爱的伤痛。

你不爱我,你不爱我……

你不爱我,你不爱我,
我对此一点儿不在意;
只要我能见到你的面,
我便快乐得像个皇帝。

你甚至恨我,甚至恨我,
你红红的嘴儿这么讲;
只要你准许我吻吻它,
宝贝儿,我便如愿以偿。

噢，不用发誓，只需亲吻……

噢，不用发誓，只需亲吻，
女人的誓言我半句不信！
你的话固然甜美，更甜美
却是你亲吻我的这张嘴！
你亲吻过我，我坚信不疑，
言语空虚似烟雾、气息。

哦，亲爱的，只管发誓吧，
我才相信你这些空话！
一当头枕着你的酥胸，
我便已感到幸福无穷；
我相信你会永远爱我，
亲爱的，连永远都胜过。

世人真愚蠢,世人真盲目……

世人真愚蠢,世人真盲目,
一天比一天更无聊!
他们议论你,我的美人儿,
说你性情一点不好。

世人真愚蠢,世人真盲目,
总是对你缺少认识;
他们不知你的吻多么甜蜜,
多么令我陶醉痴迷。

吹起笛儿拉起琴……

吹起笛儿拉起琴,
再加嘹亮喇叭声;
跳起婚礼圆圈舞,
我的心肝小爱人。

大鼓咚咚咚咚敲,
风笛乌啦乌啦叫;
一群善良的天使,
也跟着又唱又跳。

为什么玫瑰这般苍白

为什么玫瑰这般苍白?
啊,告诉我,亲爱的,
为什么绿野里的紫罗兰,
它也这般沉默无语?

为什么在高高的蓝天上,
云雀的歌声如泣如诉?
为什么自一丛丛香草中,
飘散出腐尸的臭气?

为什么太阳照到平野里,
光线这般阴冷、惨淡?
为什么大地像一座坟墓,
荒凉灰暗,了无生息?

为什么我自己也多病多愁,
告诉我,我的亲爱的?
我最心爱的人啊,说吧:
为什么你竟离我而去?

他们给你讲了很多……

他们给你讲了很多，
对我的责难真不少；
然而却没有对你说，
我的心被什么煎熬。

他们摇着脑袋哀叹，
装模作样煞有介事；
他们说我是个坏蛋，
你竟全部深信不疑。

然而最最糟糕的事，
他们却全然不知情；
我把它秘藏在心里，
这最糟最蠢的事情。

我痴迷地沉溺于梦想……

我痴迷地沉溺于梦想,
久久久久地流连异乡;
我爱人感觉等得太长,
于是缝好出嫁的衣裳,
并张开她温柔的臂膀,
拥抱最愚蠢的少年郎。

我的爱人美丽又温柔,
倩影仍萦回在我心头:
脸似玫瑰,眼如紫罗兰,
娇艳动人,一年复一年。
我竟抛下这样的爱人,
真叫愚蠢不能再愚蠢。

世界多么美,天空多么蓝……

世界多么美,天空多么蓝,
风儿多柔和,空气多新鲜,
欣荣的原野上百花吐艳,
还有清晨的露珠儿亮闪闪,
欢乐的人群也随处可见——
可我却愿意静卧在墓穴里,
紧挨着故去的爱人的躯体。

北方有一棵松树

北方有一棵松树,
孤零零立在秃岗上。
冰雪替它蒙上白被,
送它沉沉入梦乡。

它梦见一棵棕榈,
在遥远遥远的东方,
孤单单暗自哀戚,
在火辣辣的岩壁。

啊，我真愿……

头说：
啊，我真愿变成一张小板凳，
供我的心上人搁脚！
任她怎样踏我，踩我，
我也绝不抱怨、喊叫。

心说：
啊，我真愿变成一只小布袋，
供我的心上人插针！
任她怎样戳我，刺我，
我也一样快乐、欢欣。

歌说：
啊，我真愿变成一片小纸头，
供我的心上人鬈发！
我要悄悄凑近她耳边，
对她诉说我心里的话。

自从爱人离我远去……

自从爱人离我远去,
我便没了笑的能力。
不管别人怎么扯淡,
我都没法再展笑颜。

自从我将爱人失去,
我便再也不曾哭泣;
即使痛苦令我心碎,
我却硬是欲哭无泪。

我用自己巨大的哀伤……

我用自己巨大的哀伤,
谱成这些小小的歌曲;
它们悦耳地振动羽翼,
飞向我那爱人的心房。

它们找到了我的爱人,
却又飞回来大发抱怨,
而且只抱怨不肯明言
在她心中见到的情形。

一个青年爱一个姑娘

一个青年爱一个姑娘,
姑娘却相中另一个人;
这人偏又爱另一个女子,
并且跟她结了婚。

姑娘于是恼羞成怒,
嫁给了闯上门来的
随随便便一个男人,
叫青年好不伤心。

这是一个古老的故事,
然而它却永远新鲜,
谁要刚巧碰上这事,
谁的心就裂成两半。

一听见这只曲子……

一听见这只曲子,
想起爱人曾唱过它,
我就难过得要死,
就快要把胸膛气炸。

内心暗暗地渴望,
渴望爬上山林之巅,
去那儿大哭一场,
让哀伤融化在泪泉。

亲爱的，我俩相偎相依……

亲爱的，我俩相偎相依，
乘坐着一艘小艇。
夜色是如此静谧，
我俩朝海上划行。

朦胧的月光下面
静卧着美丽仙岛；
妙漫的乐音盈耳，
雾之舞缥缥缈缈。

乐音越来越动听，
舞蹈一刻不停息；
我俩却继续航行
向大海，怀着忧郁。

他们全都使我痛苦……

他们全都使我痛苦,
气得我脸发白发青。
一些人用他们的爱,
一些人用他们的恨。

给我的面包混毒药,
给我的酒杯掺毒鸩,
一些人用他们的爱,
一些人用他们的恨。

可是她,她最使我
痛苦、气恼、伤心:
她对我从来也没爱,
她对我从来也没恨。

你的小脸儿上……

你的小脸儿上
暖洋洋似夏天,
你的心坎儿里
却寒冷如冬天。

最亲爱的人儿啊,
你的情形会改变!
你脸上将是冬天,
你心里将是夏天。

两个人分别之时……

两个人分别之时，
总要相互握握手，
并开始痛哭流涕，
唉声叹气没个够。

我俩却不曾痛哭，
也没有唉声叹气！
只是等分手以后，
才不住流泪叹息。

他们在茶桌旁相聚……

他们在茶桌旁相聚,
高谈阔论着爱情,
先生们富于鉴赏力,
太太们脉脉含情。

干瘪的宫廷顾问道:
"爱情得是柏拉图式。"[1]
顾问夫人冷笑了笑,
"唉!"接着又是叹气。

教堂主持大声武气:
"爱情可不能太粗狂,
不然就会损伤身体。"
小姐柔声细语:"怎么讲?"

---

[1] 柏拉图(前427-前347),古希腊哲学家;柏拉图式的爱情指其所推崇的非肉欲的精神上的爱情。

伯爵夫人忧郁地说：
"爱情啊真是受苦受难！"
说着她便温情脉脉
去给男爵先生把茶献。

茶桌旁还空个座位；
亲爱的，你没有在场。
关于你的爱情，宝贝儿，
原本你该好好儿讲讲。

我又重温了昔日的旧梦

我又重温了昔日的旧梦,
梦见我俩坐在菩提树荫,
在一个美好的五月之夜,
我俩发誓相互永远忠诚。

发完一个誓再发一个誓,
我俩嬉笑、爱抚又亲吻,
你并且在我手上咬一口,
为了使我把誓言记在心。

我明眸生辉的小爱人啊!
你这么妩媚却这么任性!
发誓忠诚纵然理所应当,
咬我一口可实在是过分

我曾在梦中哭泣……

我曾在梦中哭泣，
梦见你已经下葬。
等到我醒来之时，
泪水还挂在脸上。

我曾在梦中哭泣，
梦见你离开了我。
等到我醒来之时，
心里还久久难过。

我曾在梦中哭泣，
梦见你忠实依旧。
等到我醒来之时，
泪水仍滚滚长流。

一颗星星落下……

一颗星星落下,
从它闪烁的高处!
是那爱情之星啊,
我看见了它殒殁。

从苹果树落下,
许多的花瓣花朵!
是那调皮的风啊,
把它们戏弄折磨。

天鹅在池中歌唱,
还不住游来游去,
歌声渐渐变喑哑,
它沉入水的墓穴。

多么寂静、幽暗!
花瓣花朵俱飘散,
那颗星儿破碎了,
天鹅之歌已中断。

午夜如此寒冷而死寂……

午夜如此寒冷而死寂；
我徘徊林中，哀声叹惜。
我把睡梦中的树推醒，
它们直摇头，怀着同情。

一个人要是轻生自杀……

一个人要是轻生自杀,
就会埋葬在十字路旁;[1]
他墓前将长出一朵兰花,
名叫可怜的罪人之花[2]。

我站在十字路口叹息,
夜是如此寒冷、死寂。
但见在月光的照耀下,
罪人之花正缓缓摇曳。

---

[1] 依据基督教信仰,自杀乃是犯罪,因此古代自杀者不得在公墓里长眠,只能葬于村外的十字路口。
[2] 可怜的罪人之花(Die Armesuenderblume)即野苣,也叫苦荬。

室外尽管积雪如山……

室外尽管积雪如山,
狂风呼啸,下雹打霰,
雹子噼啪敲击窗扇,
我也永远不会抱怨,
只因为在我胸中藏着
她的倩影,春的欢乐。

五月已经到来……

五月已经到来,
枝繁叶茂百花盛开,
蔚蓝的晴空里,
飘过玫瑰色的云彩。

从那高高树顶,
传来夜莺儿的啭鸣,
嫩绿的苜蓿丛,
跳跃着雪白的羊群。

既不能跳也不能唱,
我卧病草地上,
不知梦见了些什么,
但闻牧铃叮当。

我梦见我做了上帝

我梦见我做了上帝,
高高地端坐在云端,
天使们环伺在周围,
齐声赞扬我的诗篇。

我吃着蛋糕和蜜饯,
花了些可爱的金圆,
我边吃边喝卡迪纳[1],
可却不欠一个小钱。

然而我无聊得要命,
真希望重回到人世,
即使上帝再当不成,
灵魂也给魔鬼抓去。

长腿天使迦布列啊,

---

[1] 卡迪纳是一种清凉饮料。

快快迈开你的双脚,
去接我的好友欧根[1],
上天堂来逍遥逍遥。

你别去教室里找他,
他准在喝托卡伊酒;
你别上赫德威教堂,
他准在迈耶小姐家。

迦布列展开双翅,
飞到了下界尘寰,
抓住我朋友欧根,
把他带至我的座前。

不错,朋友,我做了上帝,
尘世现在归我管辖!
我可不早告诉过你,
总有一天我会飞黄腾达。

我每天都创造奇迹,

---

[1] 欧根指波兰伯爵欧根·封·布莱察。

它们准会叫你吃惊。
眼下我就降福柏林,
让你看着开心开心。

我叫城中大街小巷,
铺路石全一分为两,
石头里边藏着牡蛎,
一个个都又鲜又亮。

我叫天降倾盆大雨,
街边水沟哗哗流淌,
可降的都是柠檬汁,
流的都是葡萄佳酿。

柏林市民欣喜若狂,
全都一涌来到街上,
趴在沟边猛吃猛喝,
达官贵人也不两样。

诗人们吃着天赐美味,
一个个乐得手舞足蹈;
尉官和士官更是勇敢,

用舌头舐遍整个街道。

尉官和士官聪明非凡,
而且有的是阅世经验,
这样的奇迹啊,他们想,
才真真叫作见所未见。

1823

在我极其阴暗的生活里……

在我极其阴暗的生活里,
曾有个甜美的形象闪光;
如今这形象已黯然失色,
我周围笼罩着夜色茫茫。

孩子们每当身处暗夜,
心里总是感到特紧张,
为了驱走心中的恐惧,
便会放开喉咙把歌唱。

我是个傻孩子,如今
也在黑暗中大声唱歌;
这歌声纵然并不悦耳,
却能帮我把恐惧摆脱。

罗蕾莱[1]

不知道什么缘故,
我总是这么悲伤;
一个古老的故事,
它叫我没法遗忘。

空气清冷,暮色苍茫,
莱茵何静静流淌;
映着傍晚的余晖,
岩头在熠熠闪亮。

一位少女坐在岩顶,
美貌绝伦,魅力无双,
她梳着金色秀发,
金首饰闪闪发光。

---

[1] 此诗系根据德国民间传说写成。在莱茵河中,今尚有一块礁石名叫罗蕾莱(Lolerei)。

她用金梳子梳头，
还一边把歌儿唱；
曲调是这样优美，
有摄人心魄的力量。

那小船里的船夫
心中蓦然痛楚难当；
他不看河中礁石，
只顾把岩头仰望。

我相信船夫和小船
终于被波浪吞噬；
是罗蕾莱用她的歌声
干下了这种事。

我的心，我的心儿忧伤……

我的心，我的心儿忧伤，
五月却明媚、欢畅，
我倚着一棵菩提树，
伫立在高高古堡上。

那条蓝色的护城河，
在脚下静静地流淌；
一个男孩吹着口哨，
泛舟垂钓在河面上。

河对岸呈现出一个
多彩多姿的小天地：
别墅、花园、民众，
牛群、树林、草地。

姑娘们衣裙泛白光，
在草地上奔跑嬉戏；
磨坊水车漱珠吐玉，

远远地在那儿絮语。

古老、灰色的塔楼,
旁边立着小小岗亭;
但见一名红衣兵士,
在岗亭前来回巡行。

他玩弄着手中长枪,
枪管在日光中闪烁;
他举一举又扛一扛——
真愿他一枪结果我。

风雨飘摇的夜晚……

风雨飘摇的夜晚,
天空全不见星星;
在枝叶喧响的林中,
我默然地踽踽独行。

孤寂的猎人小屋
远远地闪着亮光;
我真不该受它引诱,
那里看来很不像样。

但见皮靠椅上面,
坐个瞎眼老妈妈,
石像一般神色呆滞,
始终不曾讲一句话。

守林人的赤发崽
边诅咒边胡乱跑,
把猎枪往墙边一扔,

恶狠狠地发出冷笑。

美丽的织女哭啦,
泪水打湿了亚麻;
父亲的猎狗呜咽着
紧紧靠在姑娘脚下。

旅途中,我曾与他们……

旅途中,我曾与他们,
与我爱人全家不期而遇;
她的爸爸妈妈和妹妹,
认出了我全都很欢喜。

他们问我过得好不好,
不等回答便自说自话:
说我一丁点儿没变样,
只是脸色更加苍白啦。

我问婶母堂妹的情况,
还问某些光棍儿朋友,
也打听那条小狗崽儿,
问它吠声可仍然温柔。

对我已经出嫁的爱人,
我也顺便地问了问;
他们亲切地给我回答,

说她刚分娩当上母亲。

我亲切地表示了祝贺,
声音轻柔而又甜蜜,
并请他们多多地转达
我对她最衷心的致意。

小妹妹高声抢过话头,
说那条温驯的小狗
在长大以后就发了疯,
被淹死在莱茵河里头。

小妹妹挺像我的爱人,
特别是在她笑的时候;
那双一模一样的眼睛,
它们真没少给我苦受。

我们坐在渔舍旁

我们坐在渔舍旁,
遥望大海;
暮霭徐徐升起,
爬上高岩。

灯塔里的灯光
一盏盏点燃,
在遥远的海面上,
仍见一点船影漂来。

我们谈着风暴与沉船,
谈着海员的生活,
谈着他在水天之间
浮荡着的恐怖与欢乐。

我们谈着遥远的国度,
谈着那些罕见的民族,
我们谈着南方和北方,

以及那里的奇风异俗。

恒河两岸芬芳光明,
花树繁茂,
美丽安详的人们,[1]
跪在莲花前祷告。

拉普兰[2]人身体肮脏,
头扁、嘴阔、个儿小,
蹲在火边烤鱼吃,
讲起话来呱呱叫。

姑娘们听得出了神,
谁都一声不吭;
船影早被黑暗吞没,
夜已经很深,很深。

---

[1] 指居住在恒河岸边的印度人。
[2] 拉普兰在北极。

月亮升上了夜空……

月亮升上了夜空,
辉耀着万顷波浪;
我搂紧我的爱人,
我俩都心潮激荡。

在小可人儿怀里,
我独自临海憩息——
风声中你聆听着什么?
白皙的小手为何战栗?

"那不是风声啊,
是海中的少女在歌唱,
我的这些姐妹啊,
被大海吞进了肚肠。"

大风穿上了裤子……

大风穿上了裤子,
水淋淋的白裤子!
它拼命抽打海浪,
海浪咆哮、激荡。

从黑沉沉的夜空,
暴雨猛力往下冲;
好似黑夜老头子,
想把海老太淹死。

海鸥紧贴着桅杆,
发出凄厉的哀鸣;
它不住拍打翅膀,
预告不幸快降临。

狂风吹奏着舞曲……

狂风吹奏着舞曲,
呼啸、嘶吼、咆哮;
小船颠簸得多凶啊!
黑夜乐得发疯了。

汹涌澎湃的大海
恰似动荡的群山;
这儿张开黑色峡口,
那儿耸起皑皑雪山。

舱里的人们都在
诅咒、呕吐、祈祷;
我紧紧抱着桅杆,
后悔没在家待着。

每当清晨,亲爱的……

每当在清晨,亲爱的,
我打你家门外经过,
一看见你在窗前,
我立刻便感到快乐。

你常常将我打量——
用深褐色的眼睛:
"你是谁,你怎么啦,
你这病弱的异乡人?"

"我是个德国诗人,
在德国境内闻名;
说出它最好的姓氏,
便说出了我的姓名。

"我是痛苦,亲爱的,
德国许多人同样痛苦;
说出最可怕的苦难,
就说出了我的痛苦。"

请接受我的敬意……

请接受我的敬意,
伟大而神秘的城!
你曾在自己怀里,
拥抱我的小爱人。

告诉我,钟楼和城门,
我爱人现在何处?
你们该负责任啊,
我曾经将她托付。

钟楼可以不追究,
它们一动不能动,
眼看她匆匆离去,
带着行李和箱笼。

城门则不然,它们
放走她不吱一声:
不管女傻子想啥,

男傻子[1]总一条心。

---

[1] 海涅原文中的 Ein Tor 这个词一语双关,因为城门(das Tor)和傻瓜(der Tor)使用不定冠词 ein 时,读音完全一样。

而今我又得旧地重游……

而今我又得旧地重游，
走进这熟悉的街巷；
我走过爱人的住宅前，
她人去楼空好凄凉。

街道看上去真狭窄啊！
石砌路面惨不忍睹！
房屋活像要砸我脑袋！
我逃走时慌不择路！

既然知道我还活着……

既然知道我还活着，
你仍旧能睡安稳觉？
新恨重新勾起旧怨，
我随即把枷锁砸掉。

可知那古老的歌谣：
从前有个青年男子，
他死了，却在午夜
把爱人捉进坟墓里？

相信我吧，美人儿，
温柔而可爱的姑娘，
比起所有的死鬼来，
我活着，且更坚强！

站在昏沉沉的梦中……

站在昏沉沉的梦中，
我凝视着她的画像，
它神秘地活动起来，
她那张可爱的脸庞。

她的嘴唇轻轻抽搐，
浮现出迷人的微笑，
她的睫毛颤动，像有
伤感的泪水在闪耀。

不知不觉，我的泪水
也顺着脸颊往下滴——
唉，我不能够相信啊，
我真的已经失去你！

我这不幸的阿特拉斯[1]啊!

我这不幸的阿特拉斯啊!
我得肩负世界,整个世界的
痛苦,它叫我忍无可忍,
我的心快碎了,在我躯体里。

高傲的心啊!你原希望如此!
你想幸福,无限地幸福,
或无限地痛苦,高傲的心啊,
这下你不就得到了痛苦?

---

[1] 在希腊神话里,阿特拉斯是泰坦神族的一位大力士。在挑战天神宙斯失败后,宙斯罚他在天地相合处以肩支撑天穹。美术家则把他塑造成了一个肩上扛着地球的壮汉。

一弯儿苍白的秋月……

一弯儿苍白的秋月
从云隙间向外窥视;
在冷清清的墓地上,
静立着牧师的宅子。

母亲正在阅读圣经,
儿子却凝视着灯光,
大女儿困得伸懒腰,
小女儿于是开了腔:

"上帝啊,在这儿
过日子真正叫无聊!
只有给谁下葬那会儿,
咱们才有得热闹瞧。"

母亲边念《圣经》边讲:
"你错啦,充其量
死了四个,从你父亲

在墓地门边被埋葬。"

大女儿打了个哈欠:
"我不愿跟你们饿死,
明儿我就去找伯爵,
他爱我并有的是金子。"

儿子不禁纵声大笑:
"仨猎人在金星酒窖
开怀畅饮,他们乐意
教给我发财的诀窍。"

母亲把《圣经》朝他扔去,
正好击中他的瘦脸子:
"你这该诅咒的,竟然
想当拦路打劫的贼子!"

这时传来敲窗的声响,
还看见一只手在摆动;
窗外站着已故的父亲,
身子裹在黑色法衣中。

"对你的一片痴情"……

"对你的一片痴情
难道她从无反应?
你难道在她眼里,
从未见到过爱意?

"你竟不能从眼睛
深深钻进她的心灵?
朋友,对这类事体,
你平素可并非傻子。"

他们俩倾心相爱

他们俩倾心相爱,
可是不肯相互承认,
一见面就像仇敌,
还说爱情真烦死人。

他俩终于天各一方,
只偶尔相逢在梦境;
他们早已进入坟墓,
却永远不知道真情。

我梦见我的爱人……

我梦见我的爱人,
神情畏葸又可怜,
身段已憔悴干瘪,
当初却鲜艳丰满。

她抱着一个孩子,
手上还牵了一个,
步态、目光和穿戴,
都把穷困明摆着。

步履蹒跚地走来,
她在市集遇见我,
并瞅着我;我对她
沉静又痛心地说:

"跟我一起回家吧,
你苍白而带病容;
我愿供给你吃喝,

凭自己辛勤劳动。

"你带的两个孩子,
我同样乐意照看;
可首先是照料你,
不幸的小可怜儿。

"我绝不愿对你讲,
我曾经多么爱你,
等你死了,我才会
到你坟上去哭泣。"

"亲爱的朋友啊！你干吗"……

"亲爱的朋友啊！你干吗
老是把旧调重弹？
难道你愿意没完没了
孵化这爱情之蛋？

"唉！永远是老一套：
从蛋壳爬出一群雏鸡，
吱吱叫着扑打翅膀，
你又把它们赶进诗集。"

是时候了,我要理智地……

是时候了,我要理智地
摆脱掉所有的痴愚;
我当了长时间喜剧演员,
陪着你演这出喜剧。

华丽的背景,它们全都
按浪漫的格调画成;
我的骑士服装金光闪闪,
我曾怀着无限柔情。

而今我已经是一无牵挂,
摆脱了愚蠢的儿戏,
只是时常还感觉窝囊,
活像仍在演出喜剧。

主啊!我玩笑中无意地
说出了自己的感受;
我扮演了垂死的决斗者,
死神正是心中对手。

心，我的心，你不要忧郁

心，我的心，你不要忧郁，
快接受命运的安排，
寒冬从你那儿夺走的一切，
新春将重新给你带来。

为你留下的如此之多，
世界仍然这般美丽！
一切一切，只要你喜欢，
我的心，你都可以去爱！

你好像一朵鲜花

你好像一朵鲜花，
温柔、美丽、纯洁，
每当望着你，我心中
便不由得感到凄切。

我真渴望用我的手
抚着你的头，
我祈求上帝保佑你
永远纯洁、美丽、温柔。

嘴儿红红的姑娘

嘴儿红红的姑娘,
眼儿甜蜜、明亮,
我可爱的人儿啊,
我永远将你怀想。

在这漫漫的冬夜,
我真愿来到你身旁,
坐在你的小房里,
对你把知心话细讲。

我要把你洁白的小手,
按在我的唇上,
我要让我的泪水,
滴在你洁白的小手上。

有人祷告圣母玛利亚

有人祷告圣母玛利亚,
有人祷告圣彼得和圣保罗;
可是我只向你祷告,姑娘,
你是我的美丽的太阳!

给我亲吻,给我欢乐,
对我仁慈,对我温和,
你是姑娘当中最美丽的太阳,
你是太阳底下最美丽的姑娘!

我想留在你这儿……

我想留在你这儿,
在你的身边憩息;
你却急忙要离开,
说有事要去处理。

我对你说,我的心
已经完全属于你;
你听了哈哈大笑,
还行了个屈膝礼。

我深受爱恋之苦,
你让我苦不堪言,
到最后告别之时,
连吻吻我也不愿。

别以为我会自戕,
哪怕事情再糟糕!
这一切,宝贝儿啊,
我已经历过一遭。

今晚她们有聚会……

今晚她们有聚会,
整幢楼灯火辉煌。
楼上明亮的窗前,
有个倩影在徜徉。

我独自站在楼下,
黑暗中你瞧不见;
当然你更不可能
把我幽暗的心窥探。

我幽暗的心爱着你——
爱得快碎成两半,
它抽搐、流血、破碎,
你呢,却视而不见。

第一次谈恋爱的人……

第一次谈恋爱的人,
即使失败也好比神仙;
可谁第二次还失败,
那他就准是一个笨蛋。

我就是这么个笨蛋,
而今又害上了单相思!
日月星辰全都在笑,
我跟着笑——笑得要死。

他们赠我金玉良言……

他们赠我金玉良言,
吹我捧我不遗余力,
说只要我耐心等待,
就给我庇护、奖掖。

可是等过来又等过去,
我差点儿没给饿死,
多亏得有位好心人,
给了我关照、提携。

好心人啊,他给我饭吃,
我永世不会把他忘记!
只可惜我不能吻吻他,
因为此人就是我自己。

一等你做了我的妻子……

一等你做了我的妻子,
人人都会把你羡慕,
你将生活得无忧无虑,
享受不尽欢乐、幸福。

你尽管骂我,尽管撒泼,
我都一概不以为过;
只有一件事使我抛弃你,
就是你不称赞我的诗歌。

1824

弗丽德莉克[1]

1

离开柏林,离开沙多茶淡之城,
这儿的男女市民都过分机智,
他们早已用黑格尔的智解力,
看透了上帝、世界和他们自身。

跟我去印度,去这太阳的国度,
在那儿龙涎香芳馨四散飘溢,
一队队朝圣者向着恒河走去,
肃穆虔诚,身穿着白色的礼服。

那儿有棕榈树摇曳,水波粼粼,
在圣河岸边,莲花亭亭玉立,

---

[1] 弗丽德莉克·罗伯特是作家兼戏剧家路德维希·罗伯特的妻子,一位当时柏林著名的美女。

仰望着永远蔚蓝的因陀罗[1]城。

我在那儿虔诚地跪在你脚下,
捧着你的脚,说出心里的话:
夫人啊,你真乃绝世的娇娃!

2

恒河在喧腾,羚羊将头探出叶簇,
瞬动着一双双机灵的小眼睛,
大胆地跳过来;奋张着彩屏,
高傲的孔雀慢慢地踅来踅去。

从阳光普照的原野的深心里,
蓬勃滋长出许多的奇花异卉,
郭歌儿[2]婉转啼叫,如痴如醉——
是的,你真美啊,绝色的美女!

---

[1] 因陀罗,印度教位居第二的天神,为喜见城(Sudarsana)的主宰,逍遥于乐师和天女之间,即佛教的帝释天。

[2] 郭歌儿在印度诗歌中的角色近似西方的夜莺。

迦摩神[1]显现在你的一笑一颦,
他在你胸脯的白帐篷里藏身,
从你体内送出来迷人的歌声。

我看见婆散陀[2]附在你的嘴唇,
我发现你眼里世界已然更新,
而我的世界却窄得难以存身。

3

恒河在喧腾,掀起滔天波涛,
夕照影里闪耀着喜马拉雅山,
从稠密幽暗的榕树林子里面
冲出来一队象群,大声咆哮——

美景啊,美景!用马换也行![3]
只好拿它与美貌无双的你比,
你原本纯洁、善良无与伦比,

---

[1] 印度教的爱神。
[2] 印度教的春天之神。
[3] 在莎士比亚《理查三世》第五幕第四场中主人公有一句台词为:"好马!好马!我愿拿王国换它!"海涅在此加以套用、发挥。

是你使我心中充满欢悦之情。

你见我徒然地在将美景搜寻,
见我吃力地跟情感、音韵抗争——
啊!你甚至嘲笑我搜索枯肠!

尽管笑吧!只要你展露笑颜,
犍陀婆[1]就会拨动金琴的琴弦,
在空中金色的太阳宫把歌唱。

---

[1] 因陀罗城的乐师。

一个古德意志青年的怨歌

等他们完全灌醉了我,
撕碎了我的裤子衣裳,
随后就把我这可怜虫
一扔扔到门外的街上。

第二天清晨苏醒过来,
真奇怪怎么会这样子!
我这可怜的小青年啊,
困坐在卡塞尔[1]的卫兵室。——

富有德行的人有福了;
活该,谁叫你丧失德行!
是那帮心肠歹毒的伙伴,
毁了我可怜的年轻人。

他们骗走了我的钱财,

---

[1] 卡塞尔是靠近瑞士边界的德国城市。

通过玩纸牌、掷骰子；
只有姑娘们给我慰藉——
用她们那温柔的笑意。

每当我向你们诉苦、抱怨……

每当我向你们诉苦、抱怨,
你们总一声不吭,直打呵欠;
我把痛苦变成精致的诗句,
于是你们又拼命吹捧一气。

朋友，别嘲笑魔鬼

朋友，别嘲笑魔鬼，
生命的旅程实在短暂，
还有那万劫不复之苦，
也并非愚民的妄念。

朋友，快偿清债务，
生命的旅程实在漫长，
将来你难免还要借债，
就像过去经常那样。

三圣王从东方走来……[1]

三圣王从东方走来,
每到一处都要询问:
"去伯利恒[2]该怎么走,
你们可爱的年轻人?"

老老少少全不知晓,
三圣王只得往前行;
他们的向导是一颗
明亮而美丽的金星。

金星停在约瑟[3]的屋顶,
他们便走进他房里去;
牛犊哞叫,婴孩哭啼,
三圣王齐声唱赞美曲。

---

[1] 此诗叙述了耶稣诞生的传说。
[2] 伯利恒位于巴勒斯坦,在耶路撒冷南边约八公里。
[3] 约瑟相传是一位木匠,圣母玛利亚名义上的丈夫,耶稣名义上的父亲。

姑娘,当初我们都是小孩……

姑娘,当初我们都是小孩,
一对孩童,两小无猜;
我们钻进小小的鸡舍,
在稻草底下藏起身来。

每当有人从前面经过,
我们便学公鸡啼叫——
咯咯,咯——!他们
都相信真是公鸡叫。

院子里有一些木箱,
我们便裱糊装饰起来,
然后一块儿住在里面,
活像是豪华的邸宅。

邻居有一只老母猫,
它三天两头来家玩儿;
我鞠躬你行屈膝礼,

对它真叫礼数周全。

我们询问它的起居,
语调体贴而又和气;
从此对别的老母猫,
我们同样寒暄如仪。

我们也经常坐下来,
像老人似的聊聊天,
抱怨世道整个变坏啦,
真大不如咱们从前。

说爱情、忠诚和信仰
统统已从世间消失,
而且咖啡又这么贵,
口袋里又少有票子!

儿时的游戏已成过去,
一切全都无踪无影——
金钱、世界还有时代,
信仰、爱情还有忠诚。

世界和人生太残缺不全

世界和人生太残缺不全,
我要请教德国的教授去!
他有的是拼凑人生的本领,
能搞出个明白易懂的体系。
他还会修补宇宙结构的窟窿——
用他的睡帽和破睡衣。

离开你们在美好的七月……

离开你们在美好的七月,
到一月重又见到你们;
当初你们身处炎热之中,
而今你们已变凉变冷。

不久我再一次去而复来,
这时你们已不冷不热,
每当我走过你们的坟头,
衰老的心便感到凄切。

坐在黑暗的驿车里……

坐在黑暗的驿车里，
我俩赶了一个通宵；
心儿紧紧贴着心儿，
我俩又嬉戏又说笑。

可是等到天明，姑娘，
我俩真叫大吃一惊！
你我之间坐着阿摩——
他这个搭黄鱼的人。[1]

---

[1] 阿摩为罗马神话中的爱神。"搭黄鱼"意即无票混车。

这野女子何处栖身……

这野女子何处栖身?
只有上帝他知道;
顶风冒雨跑遍全城,
我边诅咒边寻找。

从这一家客栈跑到
那一家客栈,我
向每个招待都打听,
最后却毫无结果。

突然我见她在窗口,
边招手边哧哧笑。
原来你住大饭店啊,
姑娘,我没想到!

骠骑兵身穿蓝色制服……

骠骑兵身穿蓝色制服,
吹着军号奔向城外!
这时我带着一束玫瑰,
爱人啊,朝你走来。

瞧他们那野蛮劲儿呐!
一帮丘八,扰乱安宁!
甚至就在你的心窝里,
他们也已扎寨安营。

我在年轻的时候

我在年轻的时候,
也有过热烈的爱,
受过爱火的痛灼。
只因为木柴太贵,
爱火终于熄灭,
说实在的,这倒不错!

想想吧,美人儿,
快擦干愚蠢的泪,
快忘掉痛苦的爱。
只要你还活着,
就投入我的怀抱,
说实在的,这也不错!

在萨拉曼加[1]的城垣上……

在萨拉曼加的城垣上,
习习和风,温暖宜人,
带着自己可爱的姑娘,
我漫步在夏日的黄昏。

我把我的手臂弯起来,
搂住美人纤柔的腰肢,
我感到她酥胸的激荡,
通过我这幸福的手指。

谁料穿过菩提的叶簇,
传来忧心忡忡的低语,
还有磨坊幽暗的溪流
也喃喃着可怕的梦呓。

---

[1] 萨拉曼加原为西班牙的一座城市,这儿实指海涅曾在那儿念大学的哥廷根。

"唉,小姐,我预感到:
有朝一日我将被开除,
在萨拉曼加的城垣上,
我们再没法儿来散步。"

死是清凉的黑夜

死是清凉的黑夜,
生是闷热的白天。
暮色朦胧,昏昏欲眠,
白天已令我厌倦。

我床头长出一棵树,
夜莺儿在枝间鸣啭,
它一个劲儿歌唱爱,
我在梦中仍然听见。

给一个变节者[1]

哦,神圣的青春的激情!
嗨,转眼间你就已驯顺!
你的热血已经冷却下来,
跟亲爱的主你没了纷争。

你匍匐在了十字架跟前,
它就是那同一个十字架,
仅仅还在几个星期之前,
你仍想将它狠狠地践踏!

噢,怪只怪你读多了什么
施莱格尔、哈勒尔、布克——[2]

---

[1] 疑指海涅的朋友爱德华·冈斯(Eduard Gans,1798-1839)。他是黑格尔的弟子,原为一位自由主义的法哲学家,却于1824年受洗皈依基督,以便能当柏林大学的教授。

[2] 德国浪漫派理论家F·v·施莱格尔(1772-1829)和瑞士历史学家K·L·v·哈勒尔(1768-1854)也先后于1808年和1821年皈依了天主教。英国政治学家E·布克(1729-1797)则在1790年舞文弄墨,大肆攻击法国大革命。海涅故在批判冈斯的同时,捎带刺了刺他们。

因此昨天还是位英雄，
今儿个已变成了孬种。

我俩刚刚见面……

我俩刚刚见面,目光和声音
就告诉我你已对我倾心;
要不是你那坏妈妈站在一旁,
我相信咱们立刻会亲吻。

第二天早上我离开这座小城,
又匆匆踏上旧日的征程;
我的金发姑娘立在窗边窥视,
我向她抛去热烈的飞吻。

哈雷[1]的广场上立着……

哈雷的广场上立着
两头巨大的石狮像。
唉,你哈雷的兽王啊,
怎么竟变得如此驯良?

哈雷的广场上立着
一位高大的巨人像。[2]
他手持宝剑一动不动,
像受了惊吓,呆头傻样。

哈雷的广场上立着
一座雄伟的大教堂。

---

[1] 哈雷是德国图林根地区的一座城市。海涅在游哈尔茨山后曾途径此地。

[2] 指在德国不少城市都有的骑士罗兰的雕像。

那是学友会[1]和同乡会

聚在一处祈祷的地方。

---

[1] 学友会(die Burschenschaft)是创建于1815年的德国大学生社团,早期的宗旨乃争取自由民主和国家统一,有一定的进步性。1824年5月17日,哈雷大学的约150名学友会成员在市里的广场上集会呼喊革命口号,遭到驱赶和迫害。其他社团如同乡会也受了牵连。海涅的这首诗整个便影射此事。

朦朦胧胧的夏夜……

朦朦胧胧的夏夜
笼罩着树林、绿野;
青色夜空泻下来
金灿灿的芬芳月色。

蟋蟀在溪畔鸣叫,
水中漾起阵阵涟漪,
旅人听见凫水声,
伴着寂静里的呼吸。

瞧,在那小溪旁,
美丽的水仙[1]独自沐浴;
颈项臂膀白又嫩,
在月光中闪闪熠熠。

---

[1] 水仙(die Eife)原指民间传说中善良的小精灵,她们多半成群地在山林和水泽中活动。

浮现吧,你们旧梦……

浮现吧,你们旧梦!
敞开吧,我的心扉!
歌吟的喜悦奇妙迸涌,
连同着忧伤的泪水。

我要徜徉在枞林间,
那儿有欢跳的喷泉,
高傲的麋鹿往来游荡,
小小画眉歌喉婉转。

我要登上座座高山,
我要攀上道道峭岩,
看古宫墙的灰色废墟,
依然兀立晨曦里面。

在那里静静坐下来,
我追怀往昔的时光,
追怀当年的名门望族,

以及逝去了的辉煌。

而今竞技场长了草,
高傲的骑士曾在此
战胜一个又一个好汉,
赢得了比赛的奖励。

阳台上爬满常春藤,
上面曾站着位美人,
她征服了高傲的骑士,
用她那双迷人的眼睛。

唉,得胜的骑士和美人
全败在了死神手里——
这瘦削的镰刀骑士[1]啊
终将送大家到地里!

---

[1] 德国古代绘画中的死神多为一具骑在马上、手握长柄刈草镰刀的骷髅。

1825

加 冕[1]

歌啊,我美好的歌!
唱起来吧,唱起来吧!
让喇叭也一齐吹响,
去迎接一位姑娘——
一位将统治我整个心灵的
姑娘,拥戴她登上宝座,
成为我的女王。

万岁,我年轻的女王!

我要从高空的太阳
扯下金红的丝带,
织成灿烂的王冕,
戴在你圣洁的头上。
我要从飘荡的天幕,
从珠玉璀璨的夜空,

---

[1] 此诗系海涅为恋人特莱萨而作。原诗无韵。

割下一块蓝色锦缎，
缝成登极的霞帔，
披在你至尊的肩上。
我要让仪态端庄的索籁特、
趾高气扬的特齐纳和温文尔雅的
斯当采，做你的廷臣；[1]
让我的机智做你的侍从，
让我的幻想做你的小丑，
让我的幽默做你的传令官，
带着以我含笑的泪绘成的文章。
而我自己，女王啊，
将来到你座前，
跪在红色的绒垫上，
把我仅有的一点点理智——
你的先王怜悯我而给我留下的
一点点理智，诚惶诚恐地
向你奉献。

---

[1] 索籁特（Sonette），意大利语，指十四行诗。特齐纳（Terzine）和斯当采（Stanze）同样为意大利诗体，前者每节3行，后者每节8行。

落 日

火红的日轮
徐徐下沉,没入喘息不定的
银灰色的大海;
玫瑰色的晚霞随之消散了;
但从对面,从飘逸的云帷中,
月亮却探出脸来,那么
悲哀,那么苍白;
跟在她背后的点点疏星,
远远地躲在雾幕里,
眨着眼。

从前,在天上,
月神卢娜和日神索尔[1]
结成了辉煌的伉俪,
他们身边簇拥着无数星斗,
簇拥着天真可爱的小儿女。

---

[1] 索尔为罗马神话中的太阳神。

然而一条条可恶的舌头
叽叽喳喳地播下不和,
离间了这对高贵的、光辉的夫妻。
如今,在白天,
太阳便孤独而辉煌地,巡游太空,
以自身的光明灿烂,
博取自豪自足的人们的
祝祷和赞颂。
然而到了夜里,
可怜的母亲卢娜便领着
失去了父亲的星儿,徘徊云端,
发着寂寞的幽辉,
令感伤的诗人和痴情的少女
向她献上诗与泪。

软弱的卢娜,十足的女性,
至今还钟爱着她英俊的丈夫!
每当黄昏,她都战战兢兢,
脸色苍白地在云帷后倾听,
满怀痛楚地目送离去的爱人,
恨不得呼唤他:"回来吧,
回来吧!孩子们想你啦!——"

然而执拗的太阳神,
一见妻子就火冒三丈,
又恼怒又痛苦,
脸膛红得发紫,心一横便沉入
海底,钻进自己老鳏夫的寝床,
虽然又湿又冷。

*

可恶的叽叽喳喳的舌头
甚至给永生的神们
带来了痛苦和不幸。
可怜的日神和月神,
在天空拖着发光的枷锁,
无所慰藉,痛不欲生,
但不会死亡,只好永远走着
无休无止的苦难旅程。

而我,一个凡人,
生在尘世,得享死的幸福,
用不着没完没了地怨恨。

黄　昏

苍白的海滩上,
我孤独地坐着,心事满腹。
夕阳渐渐沉落,给水面
投下一条条金红;
受到潮汐的逼迫,
远方白浪翻腾喧嚣,
向着海滩奔涌,奔涌——
一阵阵怪响,耳语和嘶鸣,
笑声和嗫嚅,呻吟和呼啸,
其间混着催眠曲般的低吟——
我仿佛回到了儿时,
在同样的夏日黄昏,
和邻家的孩子一起
蹲在门前的台阶上,
听他们悄声地讲述
那早已消失的传说,
古老、动人的童话故事,
幼小的心儿怀着期待,

眼睛里面充满好奇——
这时候，大姑娘们
坐在对面的窗前，
傍着飘香的盆栽，
玫瑰红的脸庞儿
映着月光，泛起笑意。

表 白

暮色苍茫,黄昏来临,
潮水更加疯狂地咆哮,
我坐在海边,看浪花
跳它们白色的舞蹈;
我心胸激荡如同大海,
油然生起巨大的乡愁,
还有你那温柔的倩影,
它无处不将我呼唤,
它无处不将我萦绕,
化作风声,化作海啸,
化作我胸中的叹息,
我无处可逃,无处可逃。

我用轻软的芦苇写在沙里:
"阿格妮丝,我爱你!"
然而恶浪猛冲过来,
冲掉我这甜蜜的表白,
叫它杳无踪迹,杳无踪迹。

脆弱的芦苇,散乱的沙粒,
流徙的波浪,我不再信赖你们!
天更暗了,我的心更狂热;
我用强壮的手从挪威森林
拔出最高大的枞树,
把它插进埃特纳火山口,
然后挥起饱蘸熔岩的巨笔,
在黑色的天幕上写下:
"阿格妮丝,我爱你!"

从此,高高的天穹顶上,
夜夜都燃烧着这行火字,
好让我的子子孙孙
像读天启似的发出欢呼:
"阿格妮丝,我爱你!"

舟中夜曲

大海里藏着珍珠,
蓝天上藏着星星,
我的心啊,我的心,
我的心中藏着爱情。

大海辽阔,蓝天无际,
我的心更加辽阔无际,
我的爱情莹洁、明亮,
比珍珠和星星更美丽。

你年轻妩媚的姑娘啊,
请投入我广阔的心房;
我的心和大海、蓝天,
同样愿为爱情死亡。

*

我真想把自己的嘴唇

紧贴在蔚蓝的天幕上，
狂热地吻，痛苦地哭，
那儿有美丽的星儿闪亮。

星儿就是我爱人的青眼，
明亮晶莹，变化万千，
像给我送来亲切的问候，
从遥远的蓝色的云端。

我向着蓝色的天穹，
向着我爱人的青眼，
虔诚地高举起双臂，
发出恳求和哀叹：

温柔的眼睛，慈爱的星星，
啊，请赐福给我的心灵，
让我占有你们和你们的天穹，
并为此付出自己的生命！

*

从蓝天的眼睛里

战栗着落下金色的火花,
划过夜空,落在我心上,
心便随着爱情舒张,长大

你们天上的星眼啊!
请对着我的心哭泣,
让晶莹的泪水落下来,
使我心潮激荡,热情洋溢。

*

海浪将我轻轻颠簸,
梦想使我心神摇荡,
我静静地躺在舱里,
躺在暗角里的床上。

我透过洞开的舷窗,
仰望着天边的星星,
那么可爱,那么妩媚,
是我爱人妩媚的眼睛。

可爱而妩媚的眼睛

守护在我的头顶,
瞬动着向我致意,
从蔚蓝色的穹顶。

对着蔚蓝色的天穹,
我幸福地久久仰望,
直到灰白色的雾帷,
把美丽的明眸掩藏。

*

我的梦想的头颅
倚靠着舱房的板壁,
狂浪撞击着壁板,
在我耳旁絮语:
"朋友,别发傻气!
你的胳臂太短,天穹太远,
天上的星星都牢牢钉着哩,
钉子全是黄金打的——
向往没有用,叹息没有用,
我看最好啊,还是快睡觉去。"

*

我梦见一片辽阔荒原,
静静地盖着白色雪被,
白色雪被下埋葬着我,
寂寞,寒冷,了无生气。

可是在荒原上的夜空中,
有一双星眼俯瞰着我的坟茔;
妩媚的眼睛啊!它们意气洋洋,
怡然自得,然而也充满爱怜。

海的寂静

风平浪静！太阳
把金辉撒布在海上，
小船儿给明亮的波涛
犁出道道绿色沟壑。

舵旁俯卧着水手长，
他轻轻地打着呼噜。
船桅下蹲着小帮工，
满身沥青，正把帆补。

小家伙肮脏的脸孔
透着红光，一张阔嘴
痛苦地抽搐，眼睛
大而漂亮，目光忧郁。

因为船长站在他面前，
对他又吼叫又咒骂：
"混蛋！你偷了我的

鲱鱼,从木桶里面!"

风平浪静!波浪中
钻出一条机灵的小鱼,
在阳光中温暖小脑袋,
小尾巴快活地将水击。

谁料海鸥从天而降,
箭一般地射向小鱼,
利喙一下子叼起猎物,
腾空飞回了蓝天里。

海中幻影

话说我躺在船舷旁,
睡眼惺忪往下张望,
望着明镜般的海水,
越望越深,越望越深——
一直望到了海底,
开始只见雾气茫茫,
随后却渐渐变清晰,
呈现出教堂的拱顶、塔楼,
终于变成座城市,确凿无疑。
古老的尼德兰风格,
街市上熙来攘往,
老成持重的男人身穿黑袍,
戴着雪白的领圈和绶带,
佩剑长长,脸孔长长,
大步跨过拥挤的市集广场,
走向高台阶的市政厅,
有皇上的石像守卫在门旁,
手执着宝剑和权杖。

不远处房舍一排一排，
窗户像镜子般光亮，
菩提树修剪成了圆锥形，
漫步的少女们绸裙沙沙响，
修长的身躯，如花的小脸，
头戴黑色软帽，模样儿端庄，
只露一缕金发在前额上。
衣着鲜艳的年轻人，西班牙装束，
一点一点地走过，趾高气扬。
上了年纪的妇女，
穿的是过时的褐色袍子，
手里握着祈祷书和念珠，
在阵阵的钟声催促下，
让嗡嗡的管风琴驱赶着，
急急迈着碎步
奔向大教堂。

远方传来神秘的声音，
我不由一阵战栗！
无尽的渴慕，深深的哀愁，
悄悄向我的心袭来，
它可是刚刚才痊愈啊！——

那可爱的嘴唇留下的创伤,
我似乎感觉它们
又开始在流血——
滚热的、鲜红的血液,
一滴滴慢慢滴落,滴落,
滴进深深的海市,
滴到那下边的一幢老屋上;
老屋有着旧式的高耸山墙,
然而无人居住,冷清空寂,
仅只在底层的窗口,
坐着一位少女,
用胳臂撑着头,
像个被遗弃的小可怜儿——
被遗弃的小可怜儿,我可认识你!

为了逃避我,
你耍孩子脾气,
深深地藏到了海底,
从此再上不来,
陌生地待在陌生人中,
快有一个世纪,
这时我满怀气恼伤痛,

在全世界将你寻觅,
无休无止地寻觅,
寻觅永远的爱人你,
寻觅久已失去的你,
寻觅终于找到的你——
我找到了,又见到了
你甜蜜的脸庞,
你聪明而忠诚的眸子,
你可爱的微笑——
我永永远远不愿再离开你,
我要来到你那下面,
要张开我的双臂,
把你紧紧搂在怀里——

船长一把抓住我的脚,
多亏他动手还算及时,
把我从船舷外拽回来,
带着冷笑大喝一声:
"你中邪了吗,博士?"

解 脱

留在你深深的海底吧,
痴狂的梦,
你曾在许多个夜里
折磨我的心,用虚假的幸福,
现在更变成海中幻影,
甚至在大白天将我袭扰——
待在海底吧,永远永远,
我还要向你抛下来
我全部的罪孽和痛苦,
还有那长期戴在头上的
愚蠢丑陋的铃铛帽,
还有那久久缠绕我心灵的
冰冷光滑的
虚伪蛇皮,
还有我伤痛的心灵,
这否认上帝和天使存在的
不幸的心灵——
哈哈!哈哈!风来啦!

起帆！它们在飘动，它们在膨胀！
船儿疾驰过
死寂的海面，
得到解脱的心纵声欢唱。

和 平

太阳高悬在天顶,
四周汹涌着白云,
大海静谧,
我躺在船舵旁,
沉思幻想——似睡非醒,
突然见到基督,
世界的救主。
他白袍飘飘荡荡,
迈着巨人般的步子,
巡行陆地和海洋;
他头耸入蓝天,
伸出双手祝福
大地和海洋;
他胸中藏着一颗心,
一个太阳,
一颗红红的、火热的太阳心;
这颗红红的、火热的太阳心
用它的恩泽,

用它柔和、慈爱的光辉,
照射陆地和海洋,
使它们温暖明亮。

庄严的钟声飘来荡去,
如一群天鹅系着玫瑰花带
将小船儿牵引,
使它漂到绿色的岸边,
在那儿塔楼高耸的城里,
聚居着世人们。

和平的奇迹哦!城市多宁静!
嘈杂扰攘的市声
全都沉寂了,
身穿白衣的市民
举着棕榈枝走过,
洁净的街道发出回音;
两人相遇便
相互行注目礼,
还友爱而谦恭地
彼此将额头亲吻,
同时仰望苍穹,

看救世主的太阳心脏
把鲜红的血液朝下灌注，
使人间欢乐和睦，
他们于是连呼三声：
赞美耶稣基督！

1826

向大海致敬

塔拉塔！塔拉塔！[1]
请接受我的敬礼,永恒的大海!
请接受我万千次的敬礼,
从我发出欢呼的内心;
当年一万古希腊心灵
就这样向你敬礼,
这些名扬四海的古希腊心灵
渴望还乡,抗拒着不幸。

海潮汹涌,
汹涌并发出咆哮,
太阳急忙泻下
玫瑰色的柔光,
惊起的成群海鸥

---

[1] "塔拉塔"(Thalatta)在希腊语里意即"海"。据希腊历史学家塞诺芬《进军记》记载,公元前400年,古希腊大军在参与波斯内战后仅剩下了一万人,在从美索不达米亚平原撤退回国的途中终于看见了黑海,不禁齐声欢呼:"塔拉塔!塔拉塔!"

高叫着飞向远方,
战马跺蹄,盾牌碰响,
胜利呼声四方回荡:
塔拉塔!塔拉塔!

请接受我的敬礼,永恒的大海!
你喧啸的水声在我听来如同乡音,
你水波荡漾,熠熠闪亮,
在我眼中似童年美梦,
于是回忆重新给我讲述
所有那些美丽可爱的玩具,
所有那些漂亮的圣诞礼物,
所有那些红彤彤的珊瑚树,
还有珍珠、彩贝以及金鱼,
它们被你全神秘地保管在
下边透明的水晶宫里。

哦,在荒凉的异乡我奄奄一息!
我胸中的心儿
就像一朵枯萎的花,
封闭在植物学家的铁盒里。
我像个病人,在黑暗的病房中

熬过了漫长的冬季,
现在突然离开病房,
面对着被太阳唤醒的
碧玉般的春天眼花缭乱,
但闻白色的花枝在风中喧响,
初绽的花蕾注视着我,
双双媚眼流彩溢芳;
花香蜂鸣,生气盈野,笑声不绝,
还有碧空中群鸟欢唱——
塔拉塔!塔拉塔!

你勇敢的退却的心!
北方的蛮女如何经常,
如何日日夜夜将你逼迫!
她们射出燃烧的箭矢,
从张大的胜利的眼里:
她们快割开我的胸膛,
用磨得弯弯的语言;
她们敲碎我可怜的、昏迷的脑袋,
用楔形文字的信函——
我徒然用盾牌抵挡,
仍闻箭矢嗖嗖,刀斧铿锵,

受到北方蛮女的追逼，
我一直退到了海上——
可爱的、救命的大海啊——
塔拉塔！塔拉塔！

问 题

在海边,在黑夜荒凉的海边,
站着一个小青年,
胸中充满忧伤,脑子充满疑惑,
唇焦口燥地向大海提出问题:

"哦,请替我解开人生之谜,
解开这折磨人的亘古之谜,
不少人已为它想破脑袋——
古埃及祭司帽下的脑袋,
土耳其缠头和黑色学士帽下的脑袋,
戴假发的脑袋和别的成千上万
可怜的、汗水淋漓的人脑袋——
告诉我,人是什么?
他从哪儿来?他向何处去?
有谁住在那上边金色的星星里?"

海涛絮叨着它永远的絮叨,
风在吹,云在跑,

星星一闪一闪，神情冷漠，
却有个傻瓜在等着答案。

凤　凰

从西方飞来一只鸟,
它飞向东方,
飞向东方花园中的家,
园中长着馥郁的香料,
棕榈婆娑,泉水清凉——
神奇的鸟儿飞舞、歌唱:

"她爱他!她爱他!
心里珍藏着他的形象,
甜蜜而隐讳地珍藏着,
可自己并不知悉!
只是梦里他站在她面前,
她恳求,哭泣,吻他的手,
呼唤他的名字;
在唤声中醒来,恐惧地躺着,
她愕然揉着美丽的眼睛——
她爱他,她爱他!"

*

靠着桅杆，我站在顶层的甲板上，
听着那鸟儿的歌唱。
层层白浪跳跃追逐，
像墨绿色的骏马银鬃飘舞；
赫郭兰岛民——北海中勇敢的
游牧民族，扬着闪亮的帆，
劈波斩浪如一行天鹅；
在我头顶永恒的蓝天，
飘浮着朵朵白云，
永恒的太阳绚丽辉煌，
像空中盛开着火红的玫瑰，
兴冲冲地在海里顾盼芳容；
天空、大海和我自己的心
同声应和：
她爱他！她爱他！

尾 声

思想在人的精神里
生长，激荡，
一如田野里的小麦。
其间快活地盛开着
柔嫩的爱情之思，
像红的蓝的花朵。

红红的和蓝蓝的花朵啊！
不耐烦的割麦人扔掉你，如同废物，
木头连枷砸碎你，将你们讥讽，
甚至一无所有的浪人
也冲你们把头摇，
称你们为好看的野草，
尽管你们使他们赏心悦目。
还有那农村的少女，
那编制花环的姑娘，
她敬重你们，采摘你们，
用你们修饰她金色的鬈发，

可梳妆打扮好便急忙赶往
笛声和提琴声悠扬的舞场,
或者奔向静静的山毛榉林,
在那儿她爱人的歌喉
比笛声琴声更加悠扬。

1827

悲 剧

1

跟我逃走,做我妻子,
靠在我的心口上休息;
在遥远的异乡我这颗心
就是你的祖国和故居。

你不跟我我就死在这儿,
你因此也得忍受孤寂;
即使你留在自己的家中,
仍难受如漂泊在异地。

2

(这确实是一首我在莱茵河畔
听到的民歌。)

春夜里降了一场霜,

压在柔嫩的兰花儿上,
花儿蔫了,枯萎了。

一个青年爱一个姑娘,
他俩偷偷逃离家乡,
爸爸妈妈都蒙在鼓里。

他俩流浪来流浪去,
既没运气也没目的地,
饥寒交迫,终于死去。

3

他俩的坟头长着一棵菩提,
晚风枝间吹,群鸟树上啼,
菩提树荫下的绿色草地上,
坐着年轻磨工和他的姑娘。

风儿吹得如此凄凉、徐缓,
鸟儿唱得如此忧伤、婉转,
絮絮叨叨的情侣不再作声,
他们哭了自己却不知原因。

丁香是何等的芳馨……

丁香是何等的芳馨！
紫罗兰一般的碧空
闪烁着千万点繁星，
恰似一群金色蜜蜂！

透过栗子树的浓荫，
白色的别墅闪闪发光，
传来亲切的低语声，
伴着玻璃门的碰响。

轻微的哆嗦，甜蜜的战栗，
羞怯、温柔的拥抱，
稚嫩的玫瑰侧耳听，
夜莺儿也婉转啼叫。

从我的记忆里开放出……

从我的记忆里开放出
久已枯萎的美妙景象——
你的嗓音里含着什么,
竟深深激动我的心房?

别讲你爱我!我知道,
世界上最美好的事物,
比如春天,还有爱情,
一样都难免归于虚无。

别讲什么你多么爱我!
只管亲吻并默默无言,
付之一笑吧,如果明朝
我将把枯萎的玫瑰呈献。

寒冷的心中揣着厌倦

寒冷的心中揣着厌倦,
我厌倦地走过寒冷的大地,
秋已近凋残,湿雾紧抱着
田野,田野早已经死去。

风发出啸叫,飘零的红叶
让风卷着,在天空中摇曳,
树木在啜泣,荒野在叹息,
而最糟的是,还下起了雨。

深秋的雾,寒冷的梦

深秋的雾,寒冷的梦,
披着霜的山和谷,
树被风撕去了叶,
死气沉沉,一片光秃。

唯有一棵树亭亭静立,
唯有一棵树拥着叶簇,
仿佛为感伤的泪所浇洒,
正轻轻摇着绿色的头颅。

啊,我的心就像这荒原,
你的倩影,美人儿啊,
就是我荒芜的心田里
唯一一棵碧绿碧绿的树!

1828

春夜的美丽的眼睛

春夜的美丽的眼睛
俯视着我,安慰我说:
曾经使你心灰意懒的爱情,
如今它将叫你精神振作。

听,在绿色的菩提树上,
一只夜莺唱着甜美的歌;
一当歌声飞进我的心房,
我的心又将舒畅、开阔。

我爱着一朵花

我爱着一朵花,却不知是哪朵,
叫我多么伤心。
我观察遍所有的花萼花蕊,
想寻找一颗心。

百花在晚霞中吐放芬芳,
夜莺在枝头歌唱,
我寻找一颗心,像我的一样美,
像我的一样跳荡。

夜莺在枝头歌唱,
我理解它的歌声,
它和我一样伤心、忧戚,
我和它一样忧戚、伤心。

温暖的春夜

是温暖的春夜,
催得百花开放;
我的心一不留神,
又将会谁爱上。

不知百花中是谁,
将缠住我的心?
歌唱的夜莺警告说,
对百合最得当心。

情况紧迫,警钟齐鸣

情况紧迫,警钟齐鸣,
唉!我已然头脑昏昏,
春天和一双美目
正合谋对付我的心。

春天和一双美目
使我的心陷入新的迷惘,
我相信玫瑰和夜莺
也参与了它俩的勾当。

唉,我渴望能流泪………

唉,我渴望能流泪,
爱之泪苦而甘甜;
可是我担心这渴望
最终真的会实现。

唉,爱情甜蜜的痛苦,
还有它苦中之乐,
又潜入尚未痊愈的心,
将它幸福地折磨。

每当你经过我身旁

每当你经过我身旁,
只要衣裙碰我一碰,
我的心立刻欢呼雀跃,
狂热地追随你的芳踪。

可一旦你转过脸来,
睁大眼睛瞪我一瞪,
我的心立刻惊慌失措,
收住脚步再不能前进。

梦中的窈窕莲花……

梦中的窈窕莲花
从湖上仰望夜空,
月亮向下问候它,
闪耀着爱的隐痛。

羞惭地低下头儿,
它再望一望波浪——
望见了脚下那个
苍白可怜的儿郎。

你写的那封信

你写的那封信,
它一点不使我慌张;
你说你不愿再爱我,
你的信却又这么长。

十二页,密密麻麻,
好一篇小小的文章!
一个人要真想分手,
不会这么不厌其详。

1829

天空灰暗、平庸

天空灰暗、平庸!
城市还是老样儿![1]
它投在易北河中的倒影
依旧是那么寒碜、荒凉。

长鼻子,依旧无聊地
擤着鼻涕,一如既往;
人们要么伪善地点头哈腰,
要么自吹自擂,趾高气扬。

美丽的南国啊!我多么
崇敬你的天空、你的神们,
自从我又见到这堆垃圾,
又见到这鬼天气!

---

[1] 指汉堡。

白昼恋着黑夜

白昼恋着黑夜,
春天恋着冬天,
生命恋着死亡——
而你,你爱着我。

你爱我——头顶上已经
笼罩着可怖的阴影,
你的花朵将全部枯萎,
你的心房将鲜血流尽。

离开我吧,你只该去爱
那些快活、轻佻的蝴蝶,
阳光中翩跹起舞的蝴蝶——
离开我,离开我就离开了不幸。

警 告

你竟让出版这样的书,
老朋友,你要完蛋啦!
你既想得到金钱名誉,
又怎么能不低声下气?

啥时候我都不会劝阻你
这么去民众面前饶舌,
这么去谈论那些牧师
以及高高在上的爵爷!

老朋友,你真完蛋啦!
爵爷们有的是长胳膊,
牧师们有的是长舌头,
老百姓呢却有长耳朵!

1830

坐在白色的大树下……

坐在白色的大树下,
你听见远方风声凄厉,
看见空中无声的流云
正慢慢地裹上雾衣;

你看见田野和森林
一片光秃,一派死寂;——
你体外体内俱已入冬,
你的心也已经被冻结。

突然之间劈头盖脸
向你落下来白色飞絮,
你以为快让雪给闷死,
却哪知是树在浇洒你。

不过那并不是雪花,
你很快便惊喜地发现:
它们亲昵地将你掩盖,

那些芬芳馥郁的花瓣。

好叫人惊喜的奇迹呀!
寒冬突然变成了春季,
雪片突然变成了鲜花,
你的心,又萌生爱意。

林中草木正发芽转青……

林中草木正发芽转青,
如少女经受了爱的苦闷;
空中太阳却含笑相迎:
你好啊,年轻的春之神!

夜莺!我也听见了你,
你的鸣啭苦闷又甜蜜,
音调悠长,如怨如诉,
爱情二字是整个含义!

优美悦耳的乐音

优美悦耳的乐音,
回响在我的心房,
飘扬吧,你这春天的歌儿,
飘向那遥远遥远的地方。

飘到那所小小的屋前,
那儿盛开着无数鲜花,
你要是见着一朵玫瑰,
请对她讲,我问候她。

蝴蝶爱上了玫瑰花

蝴蝶爱上了玫瑰花,
围着它千百遍飞舞,
日光又爱上了蝴蝶,
用金手指将它轻抚。

可是玫瑰爱上了谁?
这问题我很想弄清。
是在唱歌的夜莺呢?
还是不吭声的金星?

我不知道玫瑰爱谁,
可我爱着你们大家:
金星、夜莺、日光,
还有蝴蝶和玫瑰花。

树木一齐奏乐

树木一齐奏乐,
鸟巢一齐歌唱——
在这绿色的乐队里,
是谁在挥动指挥棒?

可是那灰色的田凫?
它神气活现,不住把头点。
可是那咕咕啼叫的杜鹃?
它不紧不慢,节奏谨严。

还是那老鹳,一双瘦腿高又长,
俨然大指挥家模样,
别人尽管唱啊奏啊,
它只顾把脚踏得噼啪响。

不,森林里的乐队指挥,
他就藏在我自己的心窝,
我感觉他正打着节拍,

我知道他名字叫阿莫尔[1]。

---

[1] 罗马神话中的爱神。

"始作俑者原本是夜莺……"

"始作俑者原本是夜莺,
它一个劲儿唱:叽咕!叽咕!
它唱得处处生机,紫罗兰
和苹果开花,草地青绿。

"夜莺啄开自己胸脯,
鲜红的血液流了出来,
血中长出美丽的蔷薇树,
夜莺对蔷薇做爱的倾诉。

"打动我们所有鸟儿的,
就是它伤口流出的鲜血;
一旦这蔷薇之歌消失,
整个森林便会毁灭。"

在大橡树上的巢穴里,
老麻雀如此告诉小麻雀;
母麻雀蹲在老位子上,

不时地啾啾插两句嘴。

她是一位贤惠的妻子,
孵育儿女从来没有怨言;
老麻雀给孩子们讲授
宗教课,为的只是消遣。

蓝色的春天的眼睛

蓝色的春天的眼睛
从草丛中向外窥探；
我挑选它们扎个花球，
用这些可爱的紫罗兰。

我一边采花一边遐想，
无数幽思在心中低叹，
然而夜莺已暴露我的
想法，用它高声的鸣啭。

是的，它唱出了我的
思想，歌声四处回荡，
整个树木都已知悉
我珍藏心中的秘密。

你要有一双好眼睛

你要有一双好眼睛,
能看透我的歌曲,
你就看见一个美女,
在我的歌中踯躅。

你要有一双好耳朵,
能听见她的声音、
她的叹息、欢笑和歌唱,
就会扰乱你可怜的心。

她将用目光和言语,
像迷惑我一样迷惑你,
你将做着爱的春梦,
迷路在无边的密林里。

在黑暗中偷来的吻……

在黑暗中偷来的吻,
若又在黑暗中奉还,
这样的吻真销魂啊,
当心儿与心儿相恋!

这时心里便会想象,
便会生出回忆和预感,
回忆起昔日的相处,
预感到未来的甘甜。

不过接吻时想得太多,
这件事情也挺可虑,
亲爱的心啊,哭更好,
因为哭更加的容易。

从前有一位老国王……

从前有一位老国王,
他头发灰白,他心情忧郁;
这个可怜的老国王,
他娶了位年轻的妻子。

有一个英俊的侍童,
他头发金黄,他心高气傲;
他跟随年轻的王后,
为她牵丝绸的长袍。

你可知这古老歌谣?
它听起来既甜蜜,又可哀!
他俩最终都得死去,
他们彼此深深相爱。

月亮像个巨大的柠檬……

月亮像个巨大的柠檬,
静静躺在浮云上,
映照着灰色海面,
撒布下一片片的金光。

在白浪激溅的海岸,
我孤独地漫步,
听见海水不断
将甜言蜜语倾吐。

唉,夜过分漫长,
我的心不能再沉默无语——
出来吧,美丽的人鱼,
边唱边跳你迷人的轮舞!

请把我的头抱在怀里,
我将身心全部献上!
唱得抱着我死去吧,
亲吻得我气绝身亡!

在美术陈列馆里

在美术陈列馆里,
你常看见一幅名画,
一名男子持枪执盾,
俨然已整装待发。

无奈调皮的小爱神,
夺去了他的枪和剑,
用花环捆绑住他,
任他反抗又抱怨。

同样,我囿于温柔的羁绊,
在乐与苦中辗转反侧,
而别的人却不得不
投身时代的伟大战斗行列。

叹 惜

新的信仰真叫讨厌!
如果夺去了我们的上帝,
那么也就没了诅咒——
天啊——上帝——他妈的![1]

少了祈祷没有什么,
然而诅咒确实必需,
一当要向敌人进攻——
天啊——上帝——他妈的!

不为了爱,而为了恨,
必须留给我们上帝,
否则我们不能诅咒——
天啊——上帝——他妈的!

---

[1] 原文"Himmel-Herrgott-Sakrament"三个词单独都具有神圣的意义,即天、上帝、圣事,但组成一个复合词却变成了粗野的骂人话,类似于我们的"天杀的"、"他妈的"等等。

颂 歌

我是剑,我是火焰。

黑暗中我将你们照亮,战斗开始,
我冲杀在前,在斗争第一线。

在我周围,躺着战友们的尸体,
可是我们已经胜利。我们已经
胜利,可周围躺着——战友们的
尸体。在热烈欢腾的凯歌声中,
回响着哀悼死者的合唱曲。
然而,
我们既没有时间欢乐,也没有时间
哀泣。投入新的战斗的号角已经
吹起——

我是剑,我是火焰。

1831

公元一八二九年

请给我一处高尚宽广的战场,
我好痛痛快快地流血死去,
啊,别让我待在这地方[1],
在市侩们的小天地里窒息!

他们吃得饱,喝得足,
真像鼹鼠一般幸福无穷;
他们的气度啊真叫宏大,
大得像施舍箱上投钱的孔。

他们雪茄叼在嘴里,
双手插在裤兜儿里,
消化力也呱呱叫;可就不晓得
又有谁,能把他们给消化掉!

他们包揽着全世界的香料买卖,

---

[1] 指汉堡。

一应货色无不齐备,
然而在他们周围仍充斥着
鳕鱼灵魂的腐臭气。

啊,我宁肯目睹血腥的暴行,
目睹十恶不赦的罪孽,
只要不见这吃饱喝足的德行,
不见这付得起账的美德。

天上飞过的白云啊,带上我吧,
不论去到什么样的地方!
拉普兰、非洲、波美拉尼亚[1]
全行啊——只要远走他乡!

啊,带上我——白云没听见——
它们高高在上,乖巧聪明,
一飞临这座城市,
也吓得加快了飞行。

---

[1] 德国从前的一个偏僻之邦,临着波罗的海。

1832

致一位当年的歌德崇拜者[1]

魏玛聪明的文艺老人,

他织成了优闲的网罗,

围着你似冰冷的迷雾,

你真的已从其中逃脱?

你不再满足于结识他的

克蕾尔欣和格莉琴?[2]

你逃避赛罗贞节的姑娘,

逃避奥蒂莉的《亲和力》?

你只想服务于日耳曼,

---

[1] 指吕讷堡市政府的秘书和后来汉诺威议会中自由派反对党成员克里斯提亚尼(Rudolf Christiani),他是海涅的朋友和表妹夫。

[2] 克蕾尔欣是歌德的悲剧《埃格蒙特》中的一位贫民少女,为救恋人埃格蒙特勇敢地带领民众起义。格莉琴是《浮士德》的女主人公。赛罗是长篇小说《威廉·迈斯特的学习时代》里的剧院经理,他所谓"贞节的姑娘"指菲莉涅似的放荡女戏子;迷娘则是小说中的一位出身神秘而早夭的意大利女孩。奥蒂莉是长篇小说《亲和力》的年轻女主角,最后为殉情而死。这首诗整个表现了海涅对自由思想的歌颂,对"魏玛聪明的文艺老人"歌德的讥讽。

迷娘而今对你已成过去，
你追求更伟大的自由，
而不跟菲莉涅混在一起？

你要效忠高贵的民众，
拿出吕讷堡人的勇气，
你要用威武豪迈的语言，
压制暴君团伙的粗鄙！

我在远方欣喜地听到
人们怎样对你赞不绝口，
称你为吕讷堡荒野的
自由斗士米拉波[1]！

---

[1] 米拉波（H.G.R.v.Mirabeau，1749–1791），法国著名的自由主义政治家，大革命后成立的国民议会的第三等级代表。

1833

异国情思

一

你身不由己,漂泊四方,
也不知为什么缘故;
可是,当和风送来柔语,
你总不禁茫然四顾。

该是你留在故乡的爱人,
在温柔地把你呼唤:
"回来吧,我爱你,
你是我唯一的幸福!"

然而流浪啊,流浪啊,
没有休止,不能停息;
那个你深深爱过的人,
你与她已是相见无日。

二

你今天这样伤心难过,
我已经许久没有看见;
泪珠儿从脸颊上落下,
你还不住地哀声长叹。

你怀念的遥远的祖国,
已消失在云遮雾障的地方;
坦白说吧,你有时很希望
还生活在可爱的故乡!

你可想念那个温柔女子?
她的娇嗔常常使你快活;
当你动起火来,她便转嗔为喜,
临了儿你俩总会乐乐呵呵。

你可想念你的朋友们?
非常时刻他们总拥抱你;
你们心潮汹涌,感慨万千,
然而嘴上却不言不语。

你可想念母亲和妹妹?
你与她们相处得很好;
想起她们,我相信,朋友,
你胸中已消去了气恼。

你可想念那座美丽的花园,
以及园中的鸟和树?
你曾常在那儿做青春的梦,
渴望着爱情,但又畏惧踌躇。

时候已晚。夜色明亮,
融雪反映着惨淡的光,
我得赶紧更衣去赴人家的
约会。唉,真叫人心伤!

三

我曾经有一个祖国,
她是那样的美丽:
橡树挺拔茁壮,紫罗兰温柔妩媚。
她已梦一般逝去。

她曾给我德国式的亲吻，
用德语对我说："我爱你！"
（那声音是难以想象地甜蜜）。
她已梦一般逝去。

创世之歌

1

主最先创造了太阳,
随后才是月亮星星;
然后又用额上的汗滴,
创造出来牯牛一群。

再往后他创造野兽,
狮子利爪凶残无比;
并且按照狮子原型,
造出漂亮的小猫咪。

为了荒野住上居民,
接着主又创造了人;
根据人的文雅模样,
他造出了滑稽的猢狲。

撒旦一旁看着发笑:

嗨,上帝竟抄袭自己!
到头来不过照着大牛,
造出来一些个小犊子。

2

上帝听了回答魔鬼说:
我,造物主,是抄袭自己,
照着太阳我创造星星,
照着大牛我创造小牛,
照着生有利爪的狮子,
我创造可爱的小猫咪,
照着人我创造出猢狲;
可你呢什么也造不成。

3

我创造人、狮、牛、太阳,
为了自己获得荣耀;
创造星星、牛犊、猫、猢狲,
为了自己快活逍遥。

4

一当我着手创造世界,
大功告成仅用一礼拜。
事先却思考了一千年,
才终于把计划订出来。

创造本身并没啥稀奇,
很快就能够粗制滥造;
然而订方案真叫不易,
谁是大师由此见分晓。

为了创造好法学博士,
特别是那小小的跳蚤,
我整整思考了三百年,
日复一日一天也不少。

陌路美人

我意中的金发美人,
我有法儿每天碰见她,
在丢勒里[1]的花园中,
在栗子树的绿荫下。

她每天在那儿散步,
带着两个丑陋女人——
不知她们是她老姨,
还是男扮女装的龙骑兵?

我问遍所有的朋友,
谁都不知她的芳名,
一切努力都是枉然!
我几乎害了相思病。

她那两位伴娘的上髭,

---

[1] 丢勒里在法国巴黎,曾为皇宫所在地,后辟为公园。

实在叫我胆战心惊,
但使我更加胆怯的,
却是我自己这颗心。

我从不敢在遇见她时,
轻轻发出一声感叹,
也不敢让我的目光
喷射出炽烈的情焰。

今天我终于得知,
劳拉是她的芳名,
像那位诗人爱过的
普罗旺斯的美人。[1]

劳拉!现在我方能
像彼特拉克一样,
用恋歌和十四行诗,
把我的美人歌唱。

---

[1] 意大利诗人彼特拉克(1304-1374)对一个生于法国普罗旺斯名叫劳拉的女子一见倾心,但终生无缘与她结识,因此写下《致劳拉》这首著名的十四行诗,以表达自己的爱慕和思念。

劳拉！现在我方能
像彼特拉克一样，
陶醉于这名字的
甜美音响——别无奢望。

变 换

与褐发女郎情缘已尽!
今年我又重新钟情
这一头金色的鬈发,
这一双蓝色的眼睛。

我所钟爱的金发女郎,
多么和蔼、温柔、虔诚!
手里要是拿枝百合,
真无异于圣像一尊。

身段苗条,楚楚动人,
脸儿瘦小,富有感情,
她对于爱、望、信[1],
怀着一颗火热的心。

她声称一点儿都不懂

---

[1] 爱、望、信(Liebe, Hoffnung, Glaube)为基督教徒追求的三种德行。

德语——我才不信!
难道克洛普斯托克[1]的
圣诗,你从不曾诵吟?

---

[1] 克洛普斯托克(F.G.Klopstock,1724-1803),歌德之前最伟大的德国诗人。他的代表作《救世主》即所谓"圣诗"。

1835

何 处

何处是疲倦的浪游者
最后的安息之地？
是那南国的棕榈树下，
还是莱茵河畔的菩提树底？

我将在何处的沙漠中，
由陌生人掩埋尸骨？
还是在荒凉的海岸上，
获得我最后的归宿？

随它去吧！无论何处，
主的蓝天永远把我环抱，
那悬挂夜空的万点繁星，
将永远在我坟头闪耀。

一个女人

他俩心相印、情相悦,
她是妓女,他是盗贼。
每当他去偷狗摸鸡,
她都躺在床上笑眯眯。

白天过得快活逍遥,
夜里她躺在他的怀抱。
男的不幸抓进牢去,
她却站在窗口笑眯眯。

他带话给她:快来呀,
我真快把你给想死啦,
我呼唤你,害了相思——
她仍摇着头儿笑眯眯。

清晨六点他上绞架,
七点钟就已经下葬;
可八点她又把酒酌,
脸上还是一样笑眯眯。

1840

德　国

德国眼下还是个小孩，
可是有太阳做他的保姆，
太阳不喂他甜淡的奶水，
而是用烈火将他哺育。

吃烈火的孩子长得特快，
浑身上下还热血沸腾，
你们邻家小孩可当心啊，
千万别和他争胜斗狠。

他手粗脚重块头儿大，
连橡树都能连根拔，
小心他打断你们脊梁骨，
砸碎你们的小脑瓜。

他像高贵的西格弗里德[1]，

---

[1]　西格弗里德是德国古代英雄史诗《尼伯龙根之歌》中的主人公。

勇士的事迹世代相传；
一当他锻炼成自己的宝剑，
就会把铁砧一劈两半。
是的，你将像西格弗里德
把那条丑恶的凶龙杀掉，
哈哈，你的保姆太阳
也会在空中高兴得大笑！

是的，你将杀死它，并占有
帝国的巨大的宝藏。
嘿嘿，到那时你头上的金冠
会无比地灿烂辉煌！

1841

为了一个大胆的念头

为了一个大胆的念头,
我付出了自己的生命;
如今冒险已经失败,
我的心啊,别怨恨!

萨克森人道得好:
"人的意愿即人的天堂"——
我虽然付出了生命,
然而却已如愿以偿!

我所感受的幸福
的确十分地短暂;
然而为幸福陶醉的人
不会把时间计算。

哪儿有幸福,哪儿
就有永生,哪儿就会
爱火熊熊,光明温暖,
不复存在空间、时间。

致赫尔威[1]

赫尔威,你这只铁云雀,
你发出铿锵的鸣叫,
飞向那神圣的太阳!
难道严冬真已逝去?
德意志真已春花怒放?

赫尔威,你这只铁云雀,
你已飞得天一般高,
人世你已经看不见——
要晓得只有在你的诗里,
才存在你歌唱的春天。

---

[1] G.赫尔威(1817—1875),德国诗人,1848年革命前后写过许多充满革命激情的诗篇,但有脱离实际的盲目乐观倾向。

1842

教 义

敲起鼓来,不要畏惧,
和随军女贩亲嘴去!
这就是全部的学问,
这就是书中的奥义。

把人们从沉睡中敲醒,
敲起鼓,用青春的力,
敲着鼓永远向前行进,
这就是全部的学问。

这就是黑格尔的哲学,
这就是书中的奥义!
我懂得它,因为我是个
好鼓手,并且聪明伶俐。

巡夜人[1]来到巴黎

"长着进步长腿的巡夜人,
你跑来巴黎怎么一脸怅惘?
家里我的亲人们怎么啦,
咱们的祖国是不是已解放?"

家里好极了,一派宁静安详,
礼仪风化得到严格的维护,
德国正从内部向外发展,
在和平之路上稳妥地进步。

不像法兰西表面上热闹,
自由搞得生活动荡不宁;
德意志人只把自由的理想

---

[1] 巡夜人指德国自由主义的诗人丁格尔施德特(Franz Dingelstedt,1814-1881)。他在1840年发表了《一个世界主义的巡夜人之歌》,所以被海涅称为"巡夜人"。1841年,因政治进步失去了在卡塞尔的中学教职,他到巴黎做记者,并于同年11月结识了海涅。此诗以他们答问的形式,讽刺针砭德国的现状。

深深深深地埋藏在内心。

科隆大教堂[1]就要完工啦,
为此得感谢霍亨索伦家族;
哈布斯堡家族也捐了款,
玻璃窗是维特尔斯巴赫家族资助。

宪法和关于自由的法律,
我们已经得到了承诺;[2]
皇家的诺言本是宝贝,就像
尼伯龙根宝藏深藏在莱茵河。[3]

自由的莱茵河,河中的布鲁图斯[4],
我们永远不会让人夺走!
荷兰人捆住了它的脚,

---

[1] 科隆大教堂始建于1248年,累建累辍,至1880年方告落成。普鲁士霍亨索伦王族的威廉三世和威廉四世都曾续建。哈布斯堡家族是奥地利的王族。维特尔斯巴赫家族是巴伐利亚的王族。
[2] 普鲁士国王威廉三世曾于1815年许诺制订宪法,但未兑现。
[3] 据中世纪传说,尼伯龙根族的黄金沉入了莱茵河底,但至今无人知道具体在何处。
[4] 布鲁图斯(Brutus,前85-前42),古罗马政治家,刺杀恺撒大帝的主谋。

瑞士人抱紧了它的头。

上帝还要赐给咱们舰队,
爱国者精力过盛而愉快地
在德意志的大船上摇着橹;
堡垒中的囚禁也将废除。

春光明媚,豆荚胀裂、绽开,
在自由的原野我们自由地呼吸!
既然出版社整个遭到查禁,[1]
书报审查最终自然也会消失。

---

[1] 1841年至1842年,海涅在康培出版社出版的所有作品都被普鲁士当局禁止了。这首诗曾由该社印成活页,散发流传。

倾 向

德意志的歌手！你要
歌唱和赞颂，德意志的自由，
让你的歌激励我们的心灵，
用马赛曲的曲调
鼓舞我们投入战斗。

再不要像维特那样哀鸣，
他的心只为着绿蒂燃烧——
时代的钟声已经敲响，
快向你的人民发出警号，
你的诗该是匕首、战刀！

别再像软绵绵长笛，
抛弃那牧歌般的情调——
你要成为祖国的号角，
成为它的大炮、重炮，
去吹，去吼，去轰，去杀！

每天去吹，去吼，去轰，
直至最后的压迫者逃掉——
永远为着这个目标歌唱，
同时却要让你的诗篇
尽可能地通俗明了。

婴 儿

上帝于梦中赐福虔诚的人,
在你不知不觉之间,
你于是稀里糊涂怀下身孕,
童贞女子日耳曼[1]。

从你脐带上蠕动下来——
一个小小的婴儿,
他将长成英俊的射手,
像那位爱神阿莫尔。

雄鹰矫健地翱翔天空,
将被他张弓射落,
就连那双头怪鸟[2],
也休想从他箭下逃脱。

---

[1] 日耳曼系德国古称。
[2] 指昔日普鲁士国徽上的双头鹰。

可千万别让他学那——
瞎了眼的异教爱神,
他这么赤身裸体,
活像个无裤党人[1]。

咱们德国气候严寒,
兼有警察维持风化,
管你是老人小孩儿,
统统都得穿好裤褂!

---

[1] "无裤党"是就字面直译,无裤原意为不穿短裤。长裤汉(Sansculotte)是1789年法国大革命中对革命党人的称呼。贵族在当时一般都穿及膝的短裤和长袜,穿长裤的平民被视为衣着不整。

诺 言

德意志的自由啊,你不必
再赤脚涉过沼泽,
你的脚将穿上长袜,
外面再套一双皮靴!

你的头将戴上皮帽,
暖和的扬扬自得,
它还保护你的耳朵,
再不怕那寒风凛冽。

你还会有吃的呐——
美好未来转眼就到!
别上威尔斯[1]魔鬼的当啊,
千万别跟着他们胡闹!
你要安分,再安分,

---

[1] 威尔斯指法国。在德国反动政府眼中,法国的革命者如魔鬼一般可怕。

切记不可抛弃礼节，
你要尊重官府啊，
以及咱市长老爷。

领 悟

米歇尔[1]啊!你可已经
擦亮眼睛?终于发现
人家骗走了你最有营养、
最可口的汤,从你嘴边?

作为补偿,人家答应
给你纯净的天国之娱,
说什么天使在那上边
烹调幸福,无须肉糜!

米歇尔!是你的信仰
削弱了,或是胃口大了?
你抓起生命之杯狂饮,
竟还唱异教徒的歌谣!

---

[1] 米歇尔,德国男人常用的名字之一,在诗中多作为忠厚、愚钝而长于忍耐者的代称。此处泛指当时的德国民众。

米歇尔！什么都别怕，
在尘世得把肚皮填饱，
等咱们将来进了坟墓，
你有的是时间消化掉。

在可爱的德意志故乡

在可爱的德意志故乡,
有许多生命树生长:
可是樱桃不管多诱人,
稻草人却更加吓人。

我们也真像是些麻雀,
竟让鬼脸吓得退缩;
不管樱桃笑脸多妖娆,
我们仍唱克制歌谣:

樱桃从外面看红艳艳,
死亡却藏在果核中间;
只有在天上星光闪耀,
才生长无核的樱桃。

圣父、圣子还有圣灵,[1]

---

[1] 即基督教所谓的"三位一体"。

我们衷心赞颂他们——
可怜的德意志灵魂啊,
对他们永葆渴慕之情。

只有天使们翱翔之地,
才生长永恒的欢娱;
尘世上唯有罪孽苦难,
连樱桃也又苦又酸。

1843

鼓手长

这位当年的鼓手长,
他如今多么落泊、潦倒!
皇帝[1]时代他还风华正茂,
生活又何等快乐、逍遥。

他舞动着大指挥棒,
满脸都带着笑;
他军装上的银丝带
在日光中熠熠闪耀。

随着擂动的军鼓声,
他走进一座城又一座城,
女人和姑娘们的心中
全都发出了共鸣。

他趾高气扬,轻轻松松,

---

[1] 指拿破仑一世。

征服了全城的美人；
他的黑色的胡髭
沾满了德国妇女的泪痕。

我们必须容忍痛苦，
像德国橡树一般温顺，
直到高高在上的上峰，
发出"解放"的号令。

像斗牛场上的野牛，
我们突然挺起了尖角，
为了摆脱法国佬的奴役，
我们唱着寇尔纳[1]的战歌。

好厉害的歌！它震得
暴君们胆战心惊！
皇帝和鼓手长害了怕，
双双仓皇逃遁。

---

[1] T.寇尔纳（1791—1813），德国诗人，作有许多爱国诗歌，并在反拿破仑的解放战争中战死。

他们自作自受,
得到很坏的下场,
拿破仑皇帝落进了
英国人的手掌。

在圣赫勒拿岛他想必
受到了残酷的虐待,
在经历长期痛苦后,
临了儿他死于胃癌。

他的鼓手长也一样,
失去了他的职务,
为了不致饿死,
他当了旅馆的杂役。

他生火炉,刷痰盂,
搬完柴火又提水,
头发花白,颤颤巍巍,
楼上楼下,来来回回。

每当弗里茨来旅馆看我,
总忍不住要说说笑笑,

对这个摇摇晃晃的瘦老头,
他最喜欢作弄、讥嘲。

别嘲弄他啊,弗里茨!
日耳曼青年应有礼貌,
对已经倒台的大人物
绝不开恶毒的玩笑。

我想你对这样的人
还应该有些孝心;
没准儿呐,这老头
是你母亲替你找的父亲。

生命的航程

一片欢笑和歌唱！日光
闪烁、跳荡。波浪摇晃
快乐的小舟。我坐在船里，
无忧无虑地和朋友在一起。

小舟触了礁给撞得粉碎，
朋友们却都不善于游水，
全淹死在祖国的江河里面；
我则让风暴刮到塞纳河畔。[1]

和一些新伙伴，我登上
一艘新船，异国的波浪
激打、推涌得我四处漂流——
祖国多遥迢！我心多哀愁！

于是又有了歌唱和欢笑——

---

[1] 从1831年起，海涅便长期流亡巴黎，直至逝世。

风声凄厉,船板嘎吱叫——
天空中不再有一颗星闪耀——
我心多哀愁,祖国多遥迢!

教区委员普罗米修斯[1]

保罗骑士,高贵的强盗,
众神阴郁地皱起了额头,
正从天庭中向下将你瞧,
你触犯天怒,绝无原宥。

由于你在奥林匹斯山上
偷鸡摸狗,进行抢劫——
当心你跟普罗米修斯一样下场,
一旦宙斯的差役将你捕得!

自然呐,那家伙更不像样,
他偷了光明,偷了火焰,
为了把黑暗的人间照亮——
你呢,不过偷了谢林的讲演,

---

[1] 海德堡大学的神学教授和教区委员 H.鲍鲁斯在 1843 年擅自发表了哲学家谢林的哲学讲演稿《启示的哲学》,遭到谢林的控告。海涅以此为题材写了这首讽刺诗。

它刚好是光明的反面,
是摸得着的黑暗一片,
就像曾经笼罩埃及的黑暗,
也确实能够摸得到一般。[1]

---

[1] 典出《圣经·旧约·出埃及记》第十章第二十一至二十二节:"耶和华对摩西说:'你向天伸杖,使埃及地黑暗,这黑暗似乎摸得着。'摩西向天伸杖,埃及遍地就乌黑了三天。"

夜 思

夜里想起德意志,
我总是不能入眠,
热泪滚滚往下流,
我再也没法合眼。

冬去春来,年复一年!
自从不见我的母亲,
已逝去十二个年头;
我却对她更加思念。

我的思念与日俱增,
这老妈妈让我迷恋,
我时刻牵挂着她,这位老妈妈,
愿上帝对她垂怜!

这老妈妈深爱着我,
我从她写的信看出,
她的手啊如何战栗,

她那慈母心剧烈震撼。

母亲永远占据我的心,
十二个年头一去不返;
漫长的十二年逝去了,
我再没能拥她在胸前。

德意志是个结实的国家,
将万古长存,永远康健;
还有它的橡树它的菩提,
我总有一天会再看见。

我不会热切思念德意志,
要不是母亲生活在那边;
祖国永远不会毁灭,
母亲却会离开人间。

自从我离开了祖国,
那儿有许多人进了墓园——
我深爱的人们啊,如果叫我数,
我的心将把热血流干。

可我必须数——越数
我越感到痛苦难耐,
好似许多尸体压着我胸口——
感谢上帝,它们终于退开!

感谢上帝,从我窗口射进来
法兰西明亮和煦的阳光!
我美如清晨的妻子走到床前,
用微笑驱散了德意志的忧伤。

致一位政治诗人

你歌唱,如当年的提泰斯[1],
内心充满豪迈,
然而你选择错了你的听众,
还有你的时代。

他们纵然欣喜地聆听,
甚至热情洋溢地赞赏:
你驾驭形式特纯熟,
你的思想实在高尚。

他们在举杯痛饮之时,
也总记着祝你健康,
还不会忘记扯起嗓子,
跟着把你的战歌唱。

奴隶欢喜唱自由之歌,

---

[1] 公元前七世纪的希腊诗人。

每天傍晚在酒馆内：
这样子能够消饱胀，
而且增加酒的香味。

路德维希[1]国王颂歌

1

话说巴伐利亚的路德维希,
这样的先生世间少见;
巴伐利亚民众尊他为君王,
因为王位系世袭家传。

他爱艺术,也爱绝色美女,
下旨为她们绘制肖像;
在这座画笔建造的后宫里,
他把艺术的太监充当。

他还下旨在雷根斯堡修建
一座大理石头颅神殿,
并亲自动手为每一颗头颅

---

[1] 路德维希一世(Ludwig der Erste,1786-1868),巴伐利亚的国王。此人附庸风雅,好大喜功,在雷根斯堡修建"先贤祠"即其功业之一。

书写悬挂上解说标签。

"瓦尔哈拉"[1],好一件杰作,
从托伊特到辛德哈纳斯,
每一位的功勋、性格和事迹
都挨个儿得到了赞誉。

其中只缺路德的顽固脑袋,[2]
建祠者对他不怀敬意,
这就像啥鱼都有的水族馆,
往往也见不着大鲸鱼。

路德维希先生是位大诗人,
他一唱就会令阿波罗
跪倒在地,对他乞求、哀告:
"别唱啦!再唱我会发狂!"

路德维希先生是位大英雄,

---

[1] 瓦尔哈拉(Walhalla),先贤祠的音译。托伊特(Teut),传说中的日耳曼神名。辛德哈纳斯(Schinderhannes),一位在1803年被处死的侠盗。

[2] 路德维希信奉天主教,对宗教改革家马丁·路德自然没好感。

就像鄂托,他的宝贝儿;
这小子在雅典患上了腹泻,
弄脏了那里的小王位。[1]

有朝一日路德维希一命呜呼,
罗马教皇将封他为圣徒——
这样一张面孔就配灵光环绕,
像咱们的公猫配穿礼服!

但等那些猴子们和袋鼠们
也一起皈依基督信仰,
它们肯定会尊圣路德维希
为守护神,百般景仰。

2

巴伐利亚的路德维希先生
自怨自叹,满腹惆怅:
"夏天逝去,冬天将临,
树叶已越来越枯黄。

---

[1] 路德维希一世的次子后来当了希腊的国王。

"谢林和克内里乌斯,[1]
他们两个去了也罢;
一个头脑熄灭了理性,
另外一个幻想贫乏。

"世人从我的王冠上
偷走了最璀璨的珍珠,
我的体操大师马斯曼[2],
这人中的至宝、翘楚——

"我好沮丧,好难过,
已经彻底灰心丧气:
如今没了这么一个人,
他的技艺登峰造极。

"再见不到他的短腿,
见不到他的塌鼻头;

---

[1] 哲学家谢林和画家克内里乌斯(Peter von Cornelius, 1783—1867)原本都在巴伐利亚王国,后被普鲁士国王威廉四世请到了柏林。

[2] 马斯曼(Hans Ferdinad Massmann, 1797—1874),慕尼黑大学古代德语教授,提倡体育救国的狭隘日耳曼民族主义者。

他在草地上活泼虔诚快乐自由地
翻跟斗,活像一条哈巴狗。

"这爱国者只懂古代德语,
只知道雅可卜·格林和措伊呐[1];
外来语对他永远见外,
希腊文拉丁文更甭提。

"他怀着一颗爱国心,
只喝橡实研磨的咖啡,
他大谈法国佬,大谈林堡干酪,
难怪散发着干酪臭味。

"哦,妹夫,还我马斯曼!
须知他的脸出类拔萃,
正如我自己在诗人里面,
也占据着显要的地位。

"哦,妹夫,留下克内里乌斯,
还有谢林(毫无疑问,

---

[1] 雅可卜·格林和措伊呐都是古德语学家。

吕克特[1]你也可以留下)——
只把马斯曼还我就成!

"哦,妹夫!该满足啦,
今天你已赛过我的荣耀;
我曾是德国的头号人物,
而今仅仅为第二号……"[2]

3

慕尼黑的宫廷教堂里,
站着一尊美丽的圣母;
她怀里抱着小耶稣,
人间和天国的幸福。

巴伐利亚的路德维希
有一天看见这尊圣像,
他顿时虔诚地下跪,
激动得结结巴巴地讲:

---

[1] 吕克特(FriedrichLueckert,1788-1866),著名的浪漫派诗人和东方语言学家。
[2] 其时普鲁士的势力和影响已超过巴伐利亚。

"玛利亚啊,天国女王,
品性高卓,缺陷全无!
你宫廷左右都是圣者,
天使们乐于为你服务。

"你的侍童肋生双翅,
把鲜花和缎带编入
你的金发,并为你
把身后的袍裾托住。

"玛利亚,纯洁的晨星,
你哦,无瑕的百合,
你创造了许多圣迹,
许多虔诚的传说——

"哦,请让你的仁爱之泉
也给我流下一滴来!
对我显示一点恩惠,
一点你高贵的青睐!"——

圣母很快便动了动,

显然地咧了咧小嘴,
不耐烦地把头一摇,
对自己的孩子说道:

"幸好啊我抱你在手,
不是还怀在肚子里,
幸好啊我不用再担心
看了不该看的东西。

"要是我还怀着你时
看见这丑陋的蠢物,
我肯定会生个怪胎,
而不是小小的天主。"

1844

亚当一世

你挥舞烈火的宝剑,
派来天国的宪兵,
把我逐出了乐园,[1]
太无理,真狠心!

我带着我的妻子,
来到陌生的世上;
可你也无可奈何:
我已将智慧果品尝。

你无可奈何:我已知道
你多么渺小、空虚,
尽管你用死亡和雷霆。
拼命将自己抬高、吹嘘。

---

[1] 《圣经·旧约·创世记》载:亚当和夏娃受蛇诱惑,偷食了区分善恶的智慧果,被耶和华逐出了伊甸园。此诗可视为酷爱自由,长期被迫流亡国外的海涅的抒怀之作。

啊,上帝!开除学籍[1]——
这一手实在寒碜得慌!
还叫什么世界的主宰!
还叫什么世界之光!

我永远不会惋惜
失去了的天国;
它不是真正的天国——
那里还存在禁果。

我要享有充分的自由;
天国中哪怕限制很少,
它对我也会变成
可怕的地狱和监牢。

---

[1] 指逐出乐园。

蜕 变

难道大自然也已变坏,
染上了人类的缺点?
我感觉植物和动物
而今也个个会扯淡。

我再不信百合的纯真,
它跟花花公子蝴蝶
勾勾搭搭;蝴蝶吻它,
最后骗去了它的贞节。

还有对紫罗兰的谦逊,
我也不信。这小花
暗地里渴望出人头地,
把风骚的香气散发。

夜莺唱的是不是它的
真感受,我也怀疑;
它唧唧啾啾,哀叹呻吟,

我想不过是例行公事。

世界已经失去了真实,
忠诚同样不复存在。
狗也不忠心了,尽管
照样臭,照样把尾摆。

颠倒世界

真好一个颠倒世界,
咱们走道儿竟用脑袋!
猎人一打打地被射杀,
野鸡却举起猎枪来。

而今牛犊烧烤厨师,
骡子骑在人身上奔跑;
为争取教学自由和光明法,
奋起战斗的是天主教枭鸦。[1]

赫令变成了无裤汉,[2]

---

[1] 鸱枭即猫头鹰。这儿指1844年有些教会中人发起的旨在使天主教德意志化的所谓改革运动。

[2] 无裤汉(Sansculotte)为法国大革命时的平民革命分子,因只穿长裤不穿短套裤,故名。赫令本是当时普鲁士王宫的一个御用诗人,却一反常态地在1843年著文反对书报检查。

贝蒂娜[1]说话实实在在；

还有只《穿靴子的公猫》

把索福克勒斯搬上舞台。[2]

为了纪念德意志英烈，

一只猴子[3]主张建祠堂。

根据德国的报纸报道，

马斯曼[4]最近已把头梳光。

日耳曼熊不再有信仰，

已变成无神论的信徒；[5]

法兰西的鹦鹉却相反，

---

[1] 贝蒂娜·封·阿尔尼姆（BettinavonArnim，1785-1859）是名噪一时的女作家。她1835年问世的《歌德与一个孩子的通信》多属虚构杜撰；但1843年出版的《此书属于国王》却思想进步，真实地反映了下层民众的疾苦，因此遭到了查禁。

[2] 《穿靴子的公猫》是浪漫派作家路德维希·蒂克（Ludwig Tieck，1773-1853）的一出讽刺喜剧。这儿影射他应普鲁士国王威廉四世之邀，于1841年在柏林导演古希腊戏剧家索福克勒斯的悲剧。

[3] 指巴伐利亚国王路德维希一世。他于1830年下旨在雷根斯堡兴建德意志先贤祠（Walhallagenossen），到1842年才竣工。

[4] 马斯曼，参见前注，以不修边幅著称。

[5] 指费尔巴哈等当时的一批哲学家。

成了好样儿的基督徒。[1]

乌克马克的官方报纸,[2]
那情形更是荒唐之极:
一个死人竟然给活人
把最卑劣的墓铭草拟。

哥儿们,咱们还是别
倒行逆施!这没用处!
让咱们登上泰卜罗夫山[3],
把"国王万岁!"高呼。

---

[1] 多半指法国哲学家和政治家维克多·库欣(Victor Cousin),他曾照搬了康德以后的许多德国哲学家的思想。

[2] 乌克马克是德国新勃朗登堡的地名,"官方报纸"指《普鲁士总汇报》。1844年,该报载文大肆攻击革命诗人赫尔威的诗集《一个活人的诗》,甚至恶毒地替赫尔威拟作了一篇墓志铭。

[3] 泰卜罗夫山即柏林市内著名的克罗伊茨贝格山(Kreuzberg)。

汉堡新以色列医院[1]

一家为犹太贫民开的医院,
专收治身遭三重不幸的人,
这些人生来便有三大恶疾:
贫穷、浑身疼痛外加是犹太人![2]

仨恶疾中最糟数最后一种,
它本是家族千百年的遗传,
本是古埃及不健康的信仰,
本是从尼罗河谷带来的灾难。

不可救药的顽疾啊!对它
蒸气浴、淋浴、手术刀全没治,
还有医院准备的种种药物,
对这些重症病人也不顶事。

---

[1] 诗人的叔父所罗门·海涅是汉堡的一位银行家。1839年他出资为贫苦的犹太人修建了一所医院,以纪念自己两年前去世的爱妻。

[2] 海涅自己生为犹太人,对犹太民族的苦难深有体会。

暗疾本是从父亲那儿继承，
往下再传给了儿子，要是
永恒的时间女神能治愈它，
孙子是否会健康、幸福、理智？

这我不清楚！可眼下我却要
赞美那颗心，它聪明、仁厚，
正努力减轻受难者的痛苦，
把时间油膏滴进他的伤口。

这高贵的人啊！他在这里
建起收容所，收治那些医术
（或者还有死神！）不能治的苦难，
并备好了床垫、护理和药物——

一位实干家，能干的都干了；
为事业付出了一生的艰辛，
到晚年怀着一颗仁爱心肠，
通过救世济人来颐养身心。[1]

---

[1] 其时所罗门·海涅已七十四岁。

他出手慷慨——但更慷慨的施予，
是从他那眼里滚出的泪水：
为兄弟们罹患的不治之症，[1]
常落下珍贵而美丽的珠泪。

---

[1] 诗人在此又一次强调，犹太人的出身是比身体病患更加可怕的"不治之症"。

掉换来的怪孩子[1]

一个头大如南瓜的孩子,
苍老的辫子,浅黄的髭须,
手臂蜘蛛般细长却强健,
胃挺大挺大,肠子却很短——
是一个军曹[2]偷走了婴儿,
把这怪模怪样的畸形儿
悄悄放进了咱们的摇篮——
这个怪胎,也许它就是
所多玛老头[3]用他的谎言,
用他钟爱的欺诈所生产——
无须我道出这怪物的名字——
你们只管把它淹死或烧死!

---

[1] 德国古时候有初生婴儿被妖魔掉包的民间传说。海涅巧妙地用它来揭露和形容实行军国主义的普鲁士。

[2] 军曹是普鲁士军队中的典型形象,诗人在此以它影射普鲁士王朝。

[3] 据《圣经·旧约》记载,位于死海之滨的所多玛城市民荒淫而好欺诈,故遭到了毁灭。此处的所多玛老头影射同样性喜欺诈的普鲁士国王弗里德利希二世。

等着吧

你们竟以为我不会打雷,
只因我闪电的本领太杰出!
你们大错特错啦,须知
我同样具有打雷的天赋。

一当真正的日子到来,
这天赋将得到可怕的证明,
你们将听见我的声音,
听见长空霹雳,风暴雷霆。

在那一天,狂暴的雷电
将劈开好些个橡树,
许多的宫殿将会战栗,
许多教堂钟楼将会倾覆。

西里西亚的纺织工人[1]

阴沉的眼里没有眼泪,
他们坐在织布机前,咬牙切齿:
德意志啊,我们为你织裹尸布,
我们织进去三重诅咒——
　　我们织,我们织!

一重诅咒给上帝,我们祈求他,
在严寒的冬季,在饥肠辘辘时,
我们白白地希望啊,期待啊,
他却欺骗愚弄我们,把我们当傻子——
　　我们织,我们织!

一重诅咒给国王——阔佬们的国王,
我们的苦难不能软化他的心肠;
他榨取走我们最后的一枚钱币,

---

[1] 1844年,西里西亚的纺织工人起义反抗资本家压榨和重税盘剥,遭到残酷镇压,海涅作此诗抒发对工人们的同情和对反动当局的义愤。

还下令把我们像狗一样地枪毙——
　　我们织，我们织！

一重诅咒给虚假的祖国，
那儿只繁衍着无耻和卑劣；
那儿的花蕾全都遭到摧残，
腐败和污秽却把蛆虫养育——
　　我们织，我们织！

织机轧轧，梭子飞驰，
我们不分日夜地织啊织——
衰老的德意志，我们为你织裹尸布，
我们织进去三重诅咒，
　　我们织，我们织！

老玫瑰

一朵含苞待放的玫瑰,
我的心曾为她燃烧;
可是她渐渐长大了,
变得鲜艳又风骚。

世上最美的玫瑰,
我希望把她摘取,
可她用尖刺扎我,
我只好远远地离去。

如今她已枯萎凋零,
还受过风雨的撕咬——
我却成了最可爱的亨利,
她殷勤地投入我的怀抱。

亨利前来亨利后,
声音叫得实在甜蜜,
只可惜美人的下巴

而今仿佛长了芒刺。

那装点她下巴小痣的
刚毛，真是过于硬扎——
进修道院去吧，亲爱的，
要不找理发匠把脸刮刮。

重 逢

忍冬飘香的凉亭,夏日的晚上——
我俩又坐在窗前,和从前一样——
月亮升起来,滋润人的心灵——
我俩却呆坐着,像一双魅影。

十二年过去了,自从我俩
最后一次对坐在这里;
柔情的烈焰,熊熊的爱火
熄灭了,随时光流逝。

我寡言地坐着。这女人
一直拨弄昔日爱的余烬,
唠唠叨叨个没了没完。
然而不见一星爱火复燃。

她告诉我她如何克服了
种种坏思想,说来话长,
还讲她的德行多么崇高——

我只好听着,一脸傻相。

我骑马回家转,月光中
树影像幽灵般飞快遁去,
还伴着声声哀怨的呼唤——
我呢,和幽灵一起疾驰。

1845

题玛蒂尔德[1]的纪念册

这儿,在压得硬挺的破布上,
我奉命用一支鹅毛笔,
一半认真,一半儿戏,
涂写下几行拙劣的诗句——

我,原本只习惯在你
红红的小嘴上,用亲吻
倾诉我迸发自心底的
烈火一般的爱情!

唉,要命的时髦!我是个
诗人,到头来得受妻子的刑罚,
直到我也学着别的雅士文人,
在她的本子里写上押韵的废话。

---

[1] 玛蒂尔德是海涅的法国妻子。她贪玩好耍,性情乖张,海涅曾因之苦恼。但他在临终前缠绵病榻,又得到她精心的照顾。

1846

阿斯拉人[1]

每当暮色降临,
喷泉激溅起白色水花,
美如天仙的苏丹公主
便会来泉边踱上踱下。

每当暮色降临,
喷泉激溅起白色水花,
年轻奴隶总伫立泉边,
脸色一天天更苍白可怕。

一天傍晚,女主人
突然走过来命令他:
告诉我,你叫啥名字,
什么部族,故乡在哪儿!

奴隶回答:我名叫

---

[1] 阿斯拉是阿拉伯民族的一支,古时多为奴隶。

穆罕默德,家在也门,
我的族人一爱就会死,
因为我们正是阿斯拉。

致青年

不要让跑道上的金苹果[1]
将你引诱,将你迷惑!
刀剑铿锵,箭矢鸣响,
也不能使英雄停步、退缩。

大胆开始已成功一半,
一个亚历山大能征服世界![2]
何必左思右想!王妃们已
跪在帐幕中,等胜利者到来。

我们勇敢,我们进取!我们
作为后继者登上大流士的王位。
啊,幸福的毁灭,光辉的死亡!
胜利了死在巴比伦也令人陶醉!

---

[1] 希腊神话中有个叫阿特兰的美女,善走,求婚者必须在竞走中取胜她,方能与她成婚。希波美涅斯得到女神维纳斯帮助,竞走时在地上扔了三只金苹果;阿特兰拾取了金苹果,结果竞走失败。

[2] 亚历山大(前356-前323),古代马其顿王,善征战,公元前333年打败波斯王大流士三世,占领巴比伦城。

赞 歌

女人的身体是一首诗,
我主耶稣创作了它;
诗写在了自然纪念册,
他那会儿诗兴大发。

是的,写作时机很有利,
上帝确曾大发诗兴;
一个敏感、棘手的题材,
他处理得极为高明。

确实呐,女人的身体
可算这诗中的雅歌;
那修长、白皙的四肢
乃是最精彩的段落。

哦,这光生生的脖子,
真正叫作神来之笔,
上面支撑着个小脑袋,

那鬈发环绕的主题!

玫瑰花似的小小乳房
乃精心雕琢的警句;
那划分出双峰的小沟
真迷人得难以言喻。

还有它那对称的丰臀,
显示作者是位高手;
还有无花果叶掩盖的
部位,同样美不胜收。

可不是抽象的概念啊!
这首诗有肉有肋骨,
有手有脚,会笑会吻,
嘴唇的风韵特别优雅。

这才真叫诗意盎然喽!
无一处转折不迷人!
在它额头上,这首诗
盖上了完美的红印。

主啊,我要将你赞美,
要匍匐尘埃祷告你!
和你比我们是半瓶醋,
你才是天才的大师。

主啊,我真正恨不得
沉溺在你这华章里;
我要潜心地将它钻研,
无日无夜,夜以继日。

是的,日日夜夜钻研,
不浪费任何的光阴;
我的双腿变得细又长——
过分用功就是原因。

宫廷传奇

在柏林的老皇宫里,
我们看见一尊石像,
一个女人搂着骏马,
这马便是她的情郎。

人说这个淫妇,
是位可敬的娘娘,
她养的儿子孙儿,
个个贵为君王。

可真是哩,他们
很少有点儿人样!
瞧那些普鲁士国君,
谁不带副马相。

他们言语粗鲁,
笑声如马嘶鸣,
脑袋蠢似马厩,

饕餮胜过畜生。
唯有你啊，家族的最后一名，
思想感情才像个人，
你有一副真正的基督心肠，
你不是一头牡马。[1]

---

[1] 这一节诗好像在说当时的普鲁士国王威廉四世的好话，其实还是在骂他。

1847

如果人家背叛了你

如果人家背叛了你,
那你更要加倍忠诚;
如果你的心郁闷得要命,
那你就快拿起七弦琴。

拨动琴弦!唱起英雄赞歌,
让歌声像火一般炽热!
这一来怒气就会消解,
你的心就会甜蜜地流尽血。

瓦尔克莱[1]之歌

下界不太平。忙坏了
天上的三位瓦尔克莱女神,
她们骑着云驹往来驰骋,
空中响起她们铿锵的歌声:

君侯争斗,种族交战,
人人都想争权夺利,
权威是最高的德行,
最佳的品质是勇气。

嗨嗨!倨傲的铁盔
救不了谁的性命,
英雄的鲜血长流,
谁更坏才能得胜。

---

[1] 瓦尔克莱(Walkure)是北欧神话中倭丁(Odin)神的侍女,通常为九人,往来于战场上空,用枪指点注定战死的人,并将其灵魂导入烈士堂(Walhalla)。

顶顶桂冠！座座凯旋门！
胜利者明天就要入城，
他打败了不够坏的坏蛋，
赢得了疆土和臣民。

市长和参议们赶来，
将城市的钥匙敬呈，
胜利者率领着人马，
浩浩荡荡进了城门。

嗨嗨！城垣上礼炮轰响，
笛子喇叭一个劲儿猛吹，
钟声当当响彻空际，
百姓们一齐三呼"万岁"！

阳台上站满美艳妇人，
笑盈盈向胜利者抛花环。
只见他微微点着头，
扬扬得意地把礼还。

1849

1849年10月[1]

猛烈的风暴已经平息,
家里重新又安安静静;
日耳曼尼亚,这大孩子,
又重新为有圣诞树高兴。

咱们眼下享天伦之乐——
追求更高必招来横祸——
和平的燕子已经归来,
它曾在咱家屋脊上筑窝。

树林和河流一片宁静,
周遭洒满温柔的月华;
只是不时传来——射击声?
也许有位友人遭到枪杀。

---

[1] 此诗作于开始于1848年的革命在德国南部和匈牙利遭到了残酷镇压之后。

也许是他这鲁莽家伙
正好撞上别人的枪口,
（不是谁都像贺拉斯那么
聪明,知道勇敢地逃走。）[1]

砰、砰! 也许是在过节,
为纪念歌德燃放礼花![2]——
也许宋塔克[3]重出墓穴,
照老套放鞭炮欢迎她。

弗朗茨·李斯特[4]也重新露面,
他活着,没有倒卧血泊,
没被俄国人或克罗地亚人
杀死,在他的匈牙利祖国。

自由的最后堡垒陷落了,

---

[1] 指古罗马诗人贺拉斯于公元前42年的菲利波战役临阵脱逃的不光彩行为。
[2] 1849年8月28日是歌德百年诞辰。
[3] 著名女歌唱家宋塔克（Henriette Sonntag, 1803—1854）于1828年结婚并退出乐坛,1849年重返舞台时受到了热烈欢迎。
[4] 匈牙利钢琴家兼作曲家弗朗茨·李斯特于1847年受聘担任魏玛公国的官廷乐队指挥,后长期在那里定居。

匈牙利流尽鲜血而死——
弗朗茨骑士却安然无恙,
他的战刀[1]——也存放在柜子里。

他还活着,这个弗朗茨,
并将在儿孙们簇拥下,
讲述匈牙利战争的伟绩——
"我这么躺着,挥刀砍杀!"[2]

我一听见匈牙利的名字,
德国的上衣就快要胀裂,
里面好似大海在汹涌,
仿佛军号声正将我迎接!

于是胸中又重新响起
久已绝响的英雄传说,
还有粗犷的战斗歌曲——
述说尼伯龙根族的沦落。

---

[1] 1839年,李斯特巡回演出时在布达佩斯受到热烈欢迎,有人曾送他一柄镶着宝石的军刀表示敬意。

[2] 这是莎士比亚戏剧《亨利四世》中福斯塔夫在吹牛时的一句台词(见第一部第二幕第四场)。

英雄的遭遇一样不易,
古老的传说世代相沿,
变化的只是英雄的姓氏,
"可歌可泣"不过老生常谈。

到头来仍是同样下场——
不管旗帜怎么自由飘扬,
英雄仍旧按照老规矩,
葬身在强权的兽口里。

这一次公牛甚至跟熊
结成同盟——马扎尔人[1],
你倒下了,但仍可自慰,
我们其他人受辱更甚。

正大光明地战胜你的,
终归是地地道道的野兽;

---

[1] 马扎尔人为匈牙利的主要民族。公牛代表奥地利,熊代表俄国。1849年,奥皇在俄国沙皇尼古拉一世所派十万大军的支援下,残酷镇压了由科苏特领导的匈牙利革命。

奴役我们的却只是些
狼、猪以及卑鄙的狗。

它们嚎它们吠它们喷鼻——
胜利者臭得我受不了。
安静,诗人,别伤了身体,
你太病弱,还是别开口为好。

1850

三月以后的米歇尔[1]

我所认识的德国米歇尔,
他一直是个瞌睡虫;
在三月我想象他变了样,
能果敢聪明地行动。

瞧他昂着金发蓬松的头颅,
在国君们面前多么自豪!
瞧他大谈上边那些卖国贼,
蔑视禁令,胆儿真不小!

他的话语送进我耳朵里,
美妙得如神奇的传说,
我感觉像个年轻的傻瓜,
死了的心已重新复活。

---

[1] "三月"指1848年席卷德国的"三月革命"。米歇尔,本诗中指善良而不觉悟的德国民众。海涅通过这首诗,还揭穿了1848年资产阶级革命的不彻底和所谓的德国统一的虚伪。

然而当黑红金的三色旗,
这日耳曼的破旗重新出现,
我的妄想和美妙的传说
便又一股脑儿烟消云散。

我了解这破旗上的颜色
以及它们隐晦的含义,
从德意志的自由神那儿,
它带来了最坏的消息。

我看见阿伦特和杨恩老爹[1]——
这些过去时代的英雄,
他们已从墓穴中爬出来,
重新为皇帝战斗效忠。

还有我青年时代的那些

---

[1] 阿伦特(Ernst Moritz Arndt, 1769-1860),德国作家,在反拿破仑战争中以创作爱国诗歌著名。杨恩(Friedrich Ludwig Jahn, 1778-1852),德国体育之父。两人都是德国民族主义的代表人物。

大学生协会[1]的大学生,
也为了皇上在发烧发狂,
当他们已喝得醉醺醺。

我看见一群白发的罪人——
外交官和教会的长老
以及罗马法的老执法吏,
一起在建着统一神庙。

温驯而善良的米歇尔啊,
这时又睡得呼噜呼噜,
当他重新苏醒时,已受到
三十四位国君的监护。

---

[1] 大学生协会是自由主义的德国大学生组织,首创于1817年10月18日,成员多嗜酒好斗,带有民族主义情绪。

1851

大卫王[1]

暴君临死面带微笑,
因为他知道自己死后
专制权力只会转转手,
奴隶制度并未到头。

可怜的民众!仍然
像牛马束缚在车前,
谁要不肯服服帖帖,
脖子就会叫轭压折。

大卫王已死到临头,
仍告诫所罗门:还有
我那位约阿普将军,
你要多对他留点神。

这位勇敢的统帅,

---

[1] 大卫王(David)公元前10世纪时的以色列君主。

已多年叫我不快,
可是我从来没胆量,
给可恨的人厉害尝。

你,儿啊,虔诚又
聪明,膂力也足够,
要置那约阿普死地,
容易得不能再容易。[1]

---

[1] 约阿普本是大卫王的侄子,后来果然被所罗门王处死。

神　话

是的，欧罗巴[1]被征服了——
谁能抵抗一头公牛？
我们也原谅达那厄，
她在金雨下低了头！

赛美勒受了迷惑——
她想，一朵白云，
天国中理想的白云，
它不会坑害我们。

可读到丽达的故事，
我们不禁义愤填膺——
你真是一个蠢婆娘，
竟为一只公天鹅丢了魂！

---

[1] 欧罗巴（Europa）以及达那厄（Danae）、赛美勒（Semele）和丽达（Leda）都是希腊神话中的美女，都为幻化成不同形象的天神宙斯所诱惑而失身。

怀　疑

你将安卧在我的怀中!
一产生这奇异的念头,
我的心便被无限喜悦
激荡得膨胀、颤抖。

你将安卧在我的怀中!
我抚弄你美丽的鬈发,
金黄色的鬈发! 你的
可爱的头将倚靠着我的肩。

你将安卧在我的怀中!
美丽的梦想就会实现,
我得享天国的无上幸福,
就在这下界尘寰。

啊, 圣托马! 我实难置信!
即使我能将自己的手指
也插进我的幸福的伤口,

我都会怀疑这样的奇迹。[1]

---

[1] 《圣经·新约·约翰福音》载：圣托马说，只有当他看见被钉上十字架的耶稣手上的钉痕，并把手指插进去，才肯相信耶稣会复活。

复 活

空中充满长号的呜咽,
回声阵阵,令人胆寒;
死者纷纷爬出了墓穴,
把胳膊腿儿活动舒展。

凡有脚的都在往前挪,
白色的影子一起涌向
约萨法,在那儿集合,
等着接受末日的判决。

基督高踞在判官宝座上,
使徒在他身旁围成一圈。
他们乃是一群阉羊,
声音柔美,满口箴言。

他们判案不藏头遮脸;
一当末日的长号吹起,
他们便一齐在大白天

把头上的假面具摘去。

话说在那约萨法山谷,
正站着被传唤的一群;
由于候审的人数太多,
他们在那儿分批受审。

羝羊左边,绵羊右边,
如此区分简便又迅速;
虔诚温驯的绵羊升天,
倔强的骚山羊下地狱。

懊 恼

从无限欢乐的海洋
升起这灰色的云翳,
我今天必须受苦,
为了幸福的昨日。

唉,蜂蜜变成了苦艾!
唉,真痛苦,好难受——
我的心和我的胃,
在酒醉醒来以后!

和睦的家庭

多少女人,多少跳蚤,
多少跳蚤,多少痒痒——
她们暗暗给你罪受,
而且叫你不好嚷嚷。

须知她们狡狯地笑着,
在夜里对你进行报复——
你想搂住她亲热亲热,
唉,她却转给你背脊骨。

笃 实

爱情告诉歌神：
世风真是不好，
要她委身于他，
他先得给些担保。

歌神笑着回答：
可不，世道已经变坏，
连你也像个老吝啬鬼，
不先收抵押不肯放债。

唉，我只有一张七弦琴，
可制造这琴用的是纯金，
以它作抵押你能借给我
多少个吻，啊，小亲亲？

世　道

谁有的多，他马上会
得到更多更多。
谁只有一点，这一点
也会给人剥夺。

你要是一无所有，
唉，快叫人把你埋进土里——
穷鬼啊，须知只有有钱人，
才有生存的权利。

回 顾

世界是一座可爱的厨房,
我曾经把种种美味品尝;
人生在世能享受的一切,
我也无一不曾尽情分享!
我喝过咖啡,吃过蜜糕,
有过一些漂亮的布娃娃;
我穿过绸背心和燕尾服,
口袋里的金圆哗啦哗啦,
还像格勒特[1],骑过高头大马。
我有过家宅,有过宫殿;
我躺在幸福的绿草地上,
向我致意的阳光金灿灿;
月桂冠环绕着我的额头,
把美梦送进的脑子里面,
梦见玫瑰和永久的五月——

---

[1] 格勒特(1715-1769),德国诗人。1768年诗人生病时,萨克森选侯曾以名马相赠。

心里说不出的幸福甘甜,
迷茫朦胧,困倦慵懒——
烤熟的鸽子却飞进嘴里边。
还有天使走来,从口袋内
掏出香槟酒一瓶又一瓶——
只叹幻境消失,肥皂泡破碎。
我躺在潮湿的草地上,
手和脚都患了关节炎,
心中更深深感觉羞惭。
唉,每一点欢乐和享受,
都使我饱受痛苦煎熬,
还受臭虫们叮咬摧残;
黑色的忧郁催逼着我,
我只好撒谎,只好借债,
向无赖和老鸨低声下气;
我还想我将会沿街讨乞。
如今我已经倦于驱驰,
只求快些在墓穴中咽气。
别了!在那上边,兄弟,
是的,我自然还会见到你。

垂死者

为追求光明幸福,你曾远走高飞,
如今两手空空归来,人真叫狼狈。
德意志的忠贞,德意志的衬衫,
它们也在异乡被磨破、扯碎。

你脸色苍白,如同死人,
然而身已在家,心感快慰。
在德意志祖国的泥土里,
能像在温暖的火炉旁一般安睡。

遗憾的是,有人已经瘫痪,
纵然希望,也不能再把家还——
只能伸出双臂,哀哀求告:
上帝啊,求你把我可怜可怜!

穷光蛋哲学

要讨好那班富儿们,
你只能实打实地谄媚——
钱是实打实的玩意儿,
孩子也喜欢实打实的恭维。

在每一尊金牛犊[1]前,
你要使劲摇动香炉;
灰里泥里一样下跪祷告,
顶要紧是颂词不能含糊。

这年头儿面包太贵,
漂亮话却一文不值——
你不妨赞颂主人家的狗,
只要因此能猛喝猛吃。

---

[1] 在《圣经·旧约·出埃及记》中,金牛犊是以色列人当作神明顶礼膜拜的偶像,海涅借这个典故讽刺拜金主义。

回 忆

一个得到棺木,一个得到珠宝,
威廉·威瑟茨基[1]哦,你死得太早——
可那猫儿,那猫儿得救了。

他爬上去的横木断掉了,
他掉到水里淹死了,
可那猫儿,那猫儿得救了。

我们跟随着这可爱男孩的尸体,
他们把他葬在铃兰花下的土里,
可那猫儿,那猫儿得救了。

你真机灵,你逃脱了风暴,
早早地已将栖身之所找到——
可那猫儿,那猫儿得救了。

---

[1] 威廉·威瑟茨基是海涅少年时代的同窗,诗人借对他的回忆表达了自己对现实生活的厌倦情绪。

你早早逃掉了,你真机灵,
你已经痊愈,不等到生病——
可那猫儿,那猫儿得救了。

多少年来,哦,小鬼,一想起你,
我总是怀着感伤和妒忌——
可那猫儿,那猫儿得救了。

瑕疵

世界上没什么完美东西,
玫瑰花虽好却长着尖刺,
我甚至相信,在天堂里,
可爱的天使也不无瑕疵。

郁金香不香,莱茵河畔有句俗话:
老实头艾利希也曾偷过猪娃,[1]
卢克莱蒂娅要是不举刀自戕,[2]
她没准儿也会坐月子生娃娃。

骄傲的孔雀长着两只丑陋不堪的脚,
最风趣机智的女人有时也叫人无聊,
就好像伏尔泰所创作的《亨利亚得》[3],

---

[1] 艾利希(Ehrlich)是德国男人的名字,与形容词"诚实的"(ehrlich)谐音。
[2] 根据罗马传说,卢克莱蒂娅是塔魁王族的一位近亲的妻子,她在被王子奸污后自杀身死。
[3] 《亨利亚得》是伏尔泰所著史诗,内容系记述亨利三世和亨利四世两朝的事迹。

抑或是克洛卜施托克的《弥赛亚得》[1]。

最聪明的母牛一点不懂西班牙语，
正如马斯曼也一点不懂拉丁文——
卡诺瓦[2]的维纳斯臀部雕得太干瘪，
就像马斯曼的鼻子跟屁股一样平。
甜蜜的诗歌里常常也有弊足韵，
就像生蜜里面难免夹杂着蜂针，
忒提斯之子[3]脚踵仍会受致命伤，
亚历山大·仲马[4]的血统太不纯。

就连天幕上最明亮的星星，
它一伤了风也会掉鼻涕。
最好的苹果酒常带着木桶味，
太阳的黑点连你我都能看清。

---

[1] 《弥赛亚得》为德国诗人克洛卜施托克（G.F.Klopstock，1724-1803）所著颂歌，颂扬的对象为弥赛亚（救世主）。

[2] 卡诺瓦（Antonio Canova，1757-1822），意大利雕刻家，曾应拿破仑之聘，以其情妇为模特儿雕过一尊"静卧的维纳斯"像。

[3] 忒提斯之子即荷马史诗中的希腊英雄阿喀琉斯；他浑身刀枪不入，只有脚踵是个致命弱点。

[4] 亚历山大·仲马（Alexandre Drmas，1802-1870）的父亲是白人和黑人的混血儿。

就连你自己,尊敬的夫人,
也不完美无缺,玉洁冰清。
你瞪着我,质问我:你缺啥?
缺少丰满胸脯,和胸中的心。

告　诫

不朽的灵魂啊，你得当心；
有朝一日和尘世分别，
你当心别出什么事情；
须知路将通过死和夜。

在光明之都的金门前，
守卫着上帝的士兵；
他们只问你在世的业绩，
却不问姓什么？官几品？

朝圣者在门口将留下
仆仆风尘的局促皮靴——
进去吧，你将得到安宁、
宽松的拖鞋和优美的音乐。

退了火的人

人死了,只好长久地
躺在墓中;我还担心,
是的,担心复活之日
不会那么很快来临。

在生命之光熄灭前,
在我的心破碎前——
我希望再享受一次,
再享受一次女人的温情。

她最好是个金发女郎,
有月光般温柔的眼睛,
那种情炎炙人的褐发女子,
我到底已经难以容忍。

年轻的人们血气充足,
希望得到狂热的爱情;
他们追逐、发誓、打架,

相互处以心灵的苦刑。

人老了,身体也不佳,
像我这会儿这副德行,
纵然想再爱一次,再陶醉
一次,却不喜欢闹闹腾腾。

所罗门[1]

铜鼓、长号、角笛都不再演奏。
所罗门的睡榻旁有天使守候,
天使们一个个腰挎宝剑,
六千名在左,六千名在右。

他们保卫他不受噩梦惊扰,
只要他阴郁地眉头紧蹙,
他身旁立刻出现钢铁闪电,
一万二千把宝剑脱鞘而出。

可天使的宝剑重新插回
鞘中,一当夜的恐怖隐去,
酣眠者的眉头重新舒展开,
从唇间发出来喃喃低语:

---

[1] 所罗门(约公元前970-前930),以色列第三代国王。在《圣经·旧约》中有许多有关他的传奇故事。

"书拉密[1]!帝国的权柄归我
继承,海内各邦尊我为王,
我是犹太和以色列的伟大君主,
可你要不爱我,我就会憔悴死亡。"

---

[1] 书拉密,相传为所罗门的情人,见《圣经·旧约·雅歌》。

逝去的希望[1]

心性相通,意气相投,
我俩彼此吸引;
你器重我,我器重你,
尽管各不知情。

两个诚实谦逊的人
容易相互理解;
言语经常成为多余,
眉眼足以传情。

啊,我是多么渴望
永不和你分手,
做逍遥自在的你的
忠诚勇敢的朋友。

是的,我一直殷切希望

---

[1] 在这首诗里,海涅怀念自己大学时代的朋友波兰青年布莱察伯爵。

永远留在你身畔,
凡你所爱的一切,
我都愿为你去办。
你爱吃的我也爱吃,
你讨厌的我也讨厌,
为了使你开心开心,
我也要学抽雪茄烟。

有些许波兰故事
常叫你笑逐颜开;
我愿给你一讲再讲,
而且用犹太土语。

是的,我愿回到你身旁,
不再留恋这他乡异国——
在你幸福的炉灶前,
我要把膝头暖和暖和。

金色的美梦!虚幻的泡影!
匆匆逝去,如同我的生命——
唉,如今我已僵卧尘埃,
永远不能再站立起来。

别了!你们杳然逝去的
金色的希望,甜蜜的憧憬!
唉,这适才击中我心窝的
一拳,它真会要了我的命。[1]

---

[1] 指叔父所罗门·海涅留给他的少许遗产被堂弟克扣。

祭 辰

没有人唱弥撒,
没有人念卡多希经[1],
什么也不念,什么也不唱,
在我将来的祭辰。

到了将来的那一天,
要是天气温和而晴明,
玛蒂尔德夫人也许会来
蒙马特散步,并有保兰同行。[2]
她带着千日红扎的花环,
用它装饰我的坟茔,
她叹息道:Pauvre homme![3]
眼眶已伤心得湿润。

---

[1] 卡多希经是犹太人追悼死者时念的经。
[2] 蒙马特高地位于巴黎北部,那儿有著名的墓园。保兰是海涅妻子玛蒂尔德的女友。
[3] 法语意思为,可怜的人。

可惜我住在高高的天上,
不能给她,我心爱的人,
送过去一张椅子,唉,
她的脚已累得站立不稳。

甜蜜而丰腴的人儿啊,
回家时千万别再步行;
在大门外铁栅旁停着辆
出租马车,你可是已经看清。

忧愁老太

在我幸福的阳光中,
曾有快活的蚊蚋蹁跹。
亲爱的朋友们爱着我,
不分彼此如弟兄一般,
共享我的鲜美的烤肉,
以及我最后一枚金圆。

幸福逝去,钱袋空了,
朋友们也风流云散;
明亮的阳光黯然失色,
蚊蚋飞去不再飞还,
朋友们也像蚊群一样,
随幸福离开了我身边。

漫漫冬夜,病榻侧畔,
只有忧愁与我做伴。
老婆子穿着件白小褂,
头戴黑帽,还吸鼻烟。

鼻烟盒咔啦作响真烦人,
老婆子摇头晃脑太难看。

我不时梦见过去的光景,
幸福和新春俱已返还,
朋友与蚊群都围着我转——
突然鼻烟盒咔啦一声——上帝见怜,
肥皂泡噗的一声破了——
是老太婆擤鼻涕让我听见。

致天使

那是凶恶的塔纳托斯[1],
他正骑着灰马来到;
我已听见嗒嗒的蹄声
黑色骑者将把我宣召——
他强掳走我,要我留下玛蒂尔德,
啊,这叫我的心咋受得了!

她一身兼为我的妻女,
我如去到那黑暗的王国,
她就将变成寡妇和孤女!
可我得将妻女抛却在尘寰,
任她孤苦伶仃;她曾信赖我,
靠在我怀中,无忧无虑地生活。

你们高居云端的天使啊,
请听听我的哀告和泣诉;

---

[1] 塔纳托斯,希腊神话中的死神。

请保佑这个我爱过的女人,
当我已进入阴暗的坟墓;
玛蒂尔德她也是一位天使啊,
我恳求你们对她多加爱护。

凭着你们为人类的痛苦
曾经洒过的所有眼泪,
凭着那只有祭司知晓、他总是
诚惶诚恐地念出来的名讳,[1]
凭着你们的美丽、温柔和仁慈,
我恳求你们,天使们啊,将玛蒂尔德护卫。

---

[1] 指上帝的真名,只有犹太大祭司在赎罪日才能呼唤。

噩　梦

在梦中我重又年轻而快活,
住在高山之巅的别墅里;
我沿着山径往下奔跑,拉着
奥蒂莉的手,看谁获得胜利。

可爱的人儿身段多么窈窕!
蓝蓝的眸子海妖般富有魅力。
一双脚儿稳稳当当地立着,
说小巧真小巧,说有力也有力。

她的语音那么诚恳、亲切,
你简直就能看透她的心底;
一张小嘴红如初绽的玫瑰,
说什么都聪明而富有深义。

潜入我心中的不是爱的痛苦,
我并未陶醉,头脑仍然清晰,——
只是她天生的音容令我销魂,

我战栗着吻她的手,悄悄地。

我记得最后摘下一朵百合
送给她,大声对她讲:奥蒂莉,
嫁给我吧,做我的妻子吧,
好让我也虔诚而幸福,就像你。

她怎么回答,我永远不知道,
因为我的梦突然醒了——还是
一个病人,仍如多年来一样地
躺在病榻上,希望已全然失去。

熄 灭

大幕落下,演出终了,
先生女士们涌出大厅,
不知这出戏可合他们的意?
我相信,我曾听见喝彩声。
一批极其可敬的观众
曾鼓掌感谢他们的诗人。
眼下剧场内却一片死寂,
欢乐与光明已同时消隐。

可是,听!从面前空荡荡的舞台,
传来揪心的碎裂声——
也许是一根弦断了,
它属于那把老提琴。
堂座里窗帘也讨厌地作响,
是一群大老鼠在来回狂奔。
四周弥漫着刺鼻的油烟味,
最后一盏灯在绝望地呻吟。
它嘶嘶地叫着,直至熄灭;
啊,这可怜的灯火就是我的心。

遗　言

我的生命行将结束，
于是也来立张遗嘱；
我想要像个基督徒，
给我的敌人留些礼物。

他们高贵而富有德行，
我打算让他们继承
我全部的体弱多病，
我所有的疾患残损。

我要留给诸位疝气，
它夹起肚子来像钳子，
另外搭上小便不畅，
再加这普鲁士恶痣。

我的痉挛也给你们，
加上流涎和手脚抽筋，
还有脊背的骨萎缩，

统统都是上帝的杰作。

遗嘱后面再加条附注：
求主把对你们的纪念，
统统沉入忘川里面，
使人对你们记忆模糊。

Enfant Perdu [1]

在争取自由的战争中,
三十年我坚守在最前哨。
我战斗,不存胜利的希望,
知道自己不会活着还乡。

我日夜警惕,不能入眠——
就像在挤满战友的帐篷里,
勇士们响亮的鼾声吵醒我,
即使有时我感到了睡意。

夜里我常受到无聊的袭扰,
甚至感到恐惧——只有傻瓜毫无畏惧——
为驱散它们,我便吹起口哨,
吹一支格调狂放的讽刺歌曲。

是啊,我端着枪,百倍警惕,

---

[1] 法语,意思为守卫在最前沿的时刻冒着生命危险的哨兵。

倘若一个黑影靠近，令我生疑，
我会好好瞄准，把滚烫的子弹
射进这小子卑劣的肚皮。

自然呐，有时也会出现这种情形，
一个坏家伙同样精于射击——
唉，我不能否认——于是伤口裂开，
我将流尽我体内的血液。

哨位空了！——伤口裂开——
一个人倒下去，其他人跟上来——
我的心碎了，武器并未破碎，
我倒下了，斗争并未失败。

1853

我曾无日无夜地嘲笑……

我曾无日无夜地嘲笑
那些男人和女人;
我曾干过许多蠢事——
聪明叫我更加难忍。

处女怀孕生了孩子——
何必一个劲儿大发怨声?
谁一生中从未当过傻瓜,
谁就永远成不了聪明人。

男盗和女盗

正当劳拉在睡榻上
伸出胳膊将我拥抱——
她丈夫这只老狐狸
也开始掏我袋里的钞票。

如今我已腰无分文!
劳拉的吻未必也只是诓骗?
啊!是或者非?这个你得
问彼拉多[1],要么洗手不干。

可恶的世界如此堕落,
我即将离它而去;
我发现:一个人没有钱,
他就已经一半死去。

---

[1] 彼拉多是罗马帝国驻巴勒斯坦的总督,耶稣即是在他治下被钉死在十字架上。

你们诚实纯洁的灵魂啊,
我向往你们的光明天国,
你们住在那里无所欲求,
因此也用不着再把贼做。

在五月

那些曾经吻我爱我的朋友
对我干了最最恶劣的事情。
我的心快碎了;天空中的太阳
却笑呵呵把欢乐的五月欢迎。

春光明媚。绿树丛中
响起鸟儿们愉快的歌声,
姑娘与鲜花一样嫣然含笑——
啊,美丽的世界,你真可恨!

我几欲赞美那——
没有这恼人对照的下界阴曹;
在幽幽的斯提克斯河畔[1],
受难的心灵感觉会更好。

河水忧伤地潺潺流去,

---

[1] 斯提克斯河即希腊神话中的冥河。

魔鸟们发出声声哀啼,
复仇女神的歌声尖厉刺耳,
其间还夹着狱犬吠叫——

这一切都正适合不幸与苦难——
在这黑暗王国,在这悲哀之谷,
在普罗瑟彼娜[1]可诅咒的领地,
一切正好配合着我们的痛苦。

然而在人世上,太阳和玫瑰
一样刺我、扎我,残酷无情!
五月蔚蓝的天空也嘲弄我——
啊,美丽的世界,你真可恨!

---

[1] 普罗瑟彼娜为希腊神话里的冥后。

屈辱府邸[1]

时光飞逝,然而那座府邸,
带塔楼和雉堞的古老府邸,
连同府里愚蠢的人们,
却永远不能叫我忘记。

我还常常看见风信旗,
在它的塔顶呼呼旋转。
人人都吃惊地张大嘴,
在抬起头来观看之前。

谁想说话,都先得弄清
风向,生怕老波瑞阿斯[2]
会突然冲他吼叫起来,
像一头咆哮的熊一样。

---

[1] 原文题名为 Affrontenburg,是海涅杜撰的一个地名,音译可以是阿夫戎腾堡,实指他叔父所罗门·海涅在汉堡郊外奥腾森的府邸。Affront 原系法语,意即屈辱,因此诗的题名也可意译为"屈辱堡"或者屈辱府邸。诗中确实也写的是作为穷亲戚的诗人早年在叔父家中不堪回首的经历。

[2] 波瑞阿斯为希腊神话里的北风之神,这儿指诗人的叔父。

最机灵的人自然一声不吭——
要知道在那地方,唉,
有个回声,它传回去的语音
全会遭到恶意的篡改。

府邸中央有座大理石水井,
雕琢成了狮身人面像,
井里面常常干涸见底,
尽管有不少眼泪流淌。

这该死的花园啊!唉,
在园中没有一个地方
我的心不曾受到伤害,
我眼里不是泪水汪汪。

园中确实没有一棵树,
我不曾在下边遭屈辱,
那些恶语伤人的舌头
有的文雅,有的粗俗。

躲在草里偷听的蟾蜍,

旋即把一切告诉老鼠，
老鼠又把听到的统统
讲给蝮蛇，它的婶母。

蝮蛇再转告老表青蛙——
于是整个肮脏的家族
口口相传，很快便都
知道了我遭受的侮辱。

园里的玫瑰原本很美，
馥郁的香气也挺诱人；
然而都早早地枯死了，
一种怪毒是它们死因。[1]

还有夜莺也病入膏肓，[2]
自打这位高贵的鸣禽
对那些玫瑰唱了恋歌；——
我想也怪它染了毒瘾。

---

[1] 所罗门·海涅原有子女六人，且都仪表秀美，然而大多不幸夭折，长大了的只有儿子卡尔和女儿特莱萨。

[2] "病入膏肓的夜莺"乃诗人自嘲之语。他曾追求过堂妹特莱萨而遭拒绝，害了相思。

这该死的花园啊！可不，
它真像是遭到了诅咒；
时常在光天化日之下，
我就见了鬼似的发抖。

绿色的幽灵冲我狞笑，
好似残忍地将我讥嘲，
同时从紫杉树丛背后
传出来呻吟、喘息、哀号。

在林荫道的尽头耸起
一座平台，涨潮时分，
北海总会朝平台涌来，
把浪头在基石上摔碎。

平台上可以眺望大海，
我常常站在那儿狂想，
胸中同样也掀起巨潮——
同样在澎湃、喧腾、激荡——

的确在澎湃、喧腾、激荡，

但却同样的软弱无力，
就像那些骄傲的海涛，
经受不了坚崖的一击。

我嫉妒海上那些船只，
它们驶向幸福的陆地——
而我却被可恶的纽带
紧系在该诅咒的府邸。

即将去世的人

浮世的所有的乐趣
在我胸中已然死去,
甚至于对卑劣的仇恨,
以及对自己和别人
苦难的关怀——
也死了,唯有死神还在!

大幕落下,戏已演完,
回家的人们打着哈欠——
我可爱的德国观众啊,
这些老好人并不傻;
他们正开心地吃夜宵,
一边饮酒一边又唱又笑——
《荷马史诗》中那位高贵的
英雄[1],他说得有道理:

---

[1] "高贵的英雄"指希腊将领阿喀琉斯。在《奥德修记》第十一章,他的亡灵说过类似的话。

在涅卡河畔的斯图加特活着,
连最渺小的市民也比我,
比一个即将死去的英雄,
比冥国的君王幸福得多。

三十年战争中的随军女贩之歌^[1]

我真爱那些个轻骑兵,

我真非常地爱他们;

我爱他们不加区分,

不管制服是黄是青。

我真爱那些步兵,

我爱的就是这种兵,

不管他们是老是新,

是军官还是列兵。

骑兵和步兵我全爱,

他们都是勇敢的人;

还有在炮兵们那儿,

---

[1] 三十年战争(1618—1648)是德国在宗教改革后不同教派的诸侯之间展开的一场旷日持久的大战,其他欧洲国家也纷纷卷入,极大地阻碍了德国社会发展的历史进程,使其在战后分裂成了三百多个小邦,经济政治长期处于落后状态。随军女贩在当时的战地上随处可见。她们在战争中扮演着一个很特殊的角色,因此也常出现在文学作品里,如布莱希特的名剧《大胆妈妈和她的孩子们》的主人公就是一个随军女贩。

我没少过夜宿营。

我爱德国人,爱法国人,
爱威尔斯人和尼德兰人,
我爱瑞典人、波希米亚人和西班牙人,[1]
只要他们都是人。

不管他来自什么地方,
不管他属于什么教派,
这个人只要身强力壮,
他对于我就可亲可爱。

什么国籍,什么信仰,
统统只不过是衣裳——
脱掉外衣吧!让我紧贴
赤裸裸的人的胸膛。

我是一个人,乐于
为他人牺牲自身;
要是谁不能付现钱,

---

[1] 威尔斯人即意大利人,尼德兰人即荷兰人,波希米亚人即捷克人。

那他赊账一样行。

我帐篷外的绿十字
在日光中笑盈盈;
今儿个有马瓦西酒,[1]
我现开桶现供应。

---

[1] 马瓦西酒(Malwasier),一种产于希腊的著名葡萄酒。

蜻　蜓

一只美丽的蜻蜓
在溪水上来去翻飞；
这妖冶迷人的舞女，
她浑身熠熠生辉。

年轻痴愚的金龟子们
钦慕她青色的纱衣，
钦慕她身体五彩斑斓，
钦慕她腰肢柔软纤细。

年轻痴愚的金龟子们
丧失了金龟子的一丁点儿理智，
嗡嗡倾诉着爱恋和忠诚，
还答应送她花边和瓷器。

美丽的蜻蜓含笑回答：
"瓷器、花边我全不需要；
你们要想得到我欢心，

赶快去给我弄点火苗。

"我的女厨子快坐月子,
晚饭得我亲自来烧;
炉里的煤炭已经熄灭——
找火种去吧,越快越好。"

女骗子刚把话说完,
金龟子们已匆匆起程。
为了替她找火,他们
远离了故乡的森林。

他们发现了火光,
在灯烛明亮的凉亭里面;
凭着热恋者盲目的勇气,
他们一头窜进了烛焰。

熊熊的烛焰噼啪作响,
吞噬着金龟子和他们的爱恋;
一些个丢掉了性命,
一些个只把翅膀烧残。

可悲啊,烧坏了翅膀的
金龟子!他只得流落他乡,
在阴湿的地面上爬行,
像发着恶臭的屎壳郎。

"社交生活太糟,"他抱怨,
"是流亡中最难堪的事,
我们必须与下等虫子为伍,
甚至结交那班臭虫、虱子。"

"他们把我们视为同类,
只因我们身体同样污秽——
想当年维吉尔的弟子,那位
地狱的歌者[1]也受过这种罪。"

"我懊悔地回忆起美好时光,
那会儿我的翅膀多么漂亮,
在故乡的蓝空中翩翩飞舞,
在阳光下的花枝上轻轻摇荡。"

"从玫瑰花蕊中吸取养料,

---

[1] 指意大利诗人但丁(1265-1321)。在他的代表作《神曲》里,古罗马诗人维吉尔为他的领路人。他1321年死于流亡中。

我的身份是何等高尚,
交往的是心性高卓的蝴蝶,
以及天才歌唱家纺织娘。"

"如今我的翅膀已经烧坏,
不能再飞回自己的祖国,
我是一只可怜的虫子,
将死在烂在肮脏的异国。"

"啊,我真希望从未见过
这青色的水上阿飞,
这腰肢纤细的荡妇,
这妖冶迷人的败类!"

忠 告

不要懊恼,不要害羞!
勇敢争取,大声要求,
人们会叫你称心如意,
让你把老婆娶回家去。

给乐师们多多撒些金圆,
节日的欢乐全来自琴弦;
快去亲吻你老婆的舅妈,
心里却想:但愿瘟神来把你抓!

对侯爷你要好好地夸,
对女人也不能讲坏话;
你不能吝啬自己的香肠,
倘使你准备杀猪宰羊。

你就算痛恨教会,傻瓜,
那更应常常去望弥撒;
遇见神父你要脱帽致敬,

外搭着再把葡萄酒奉赠。

你要是感觉得身上痒痒,
在搔的时候得注意教养;
你要是感觉鞋子太紧太小,
喏,那就换上双拖鞋得了。

即便老婆把汤烧得太咸,
你可是仍旧得强作笑颜,
对她说:我亲爱的宝贝儿,
你烧的菜样样都很有味儿。

要是老婆向你要根纱巾,
你不妨一气儿买上两根,
还送给她花边和金鞋扣,
外搭着一串宝石项链。

这些忠告你要能全部实行,
啊,我的朋友,你将得到
那天堂里的极乐永生,
这人世上的幸福安宁。

克雷温克尔[1]恐怖年代的回忆

我们,市长和市议员们,
在此以父母官的身份,
向各阶层忠诚的市民
慎重发布如下的通令:

多半是外国人,外乡人,
向我们传播叛逆精神。
我们的同胞,谢天谢地,
很少是这样的坏分子!

无神论者多半也如此;
谁要脱离了他的上帝,
到头来也会成为叛徒,
背弃自己尘世的官府。

---

[1] 克雷温克尔原系德国剧作家科采布(August von Kotzebue, 1761–1819)在其剧作《小城市的德国人》中所虚拟的城市名字,按字面意译则可以是"鸡叫角"什么的,在诗中则被用来影射现实的德国。

听命上峰,是基督徒
和犹太人的第一要务。
天一黑就得关上店门,
不管是基督徒或犹太人。

一当有三人聚在一起,
你们就赶紧各奔东西。
夜里谁都不允许出门,
除非手里提着灯照明。

任何人私有的武器,
都要交到同业公会去;
还有各种各样的子弹,
也得保管在同一地点。

谁敢在街上胡说八道,
当即就把他给处决掉;
要是用行动表示异议,
惩处也要同样严厉。

信赖你们的政府吧,

它奉公唯谨而又英明，
诚心诚意地保护国家；
尔等则永远闭住嘴巴。

1854

无穷的忧虑

死神正召唤着我——啊!亲爱的,
但愿我能与你分别在森林里,
那儿生长着密集的枞树,
狼群嗥叫,兀鹰哀啼,
牝野猪可怕地喷着鼻息,
这位黄毛公猪的娇妻。

死神正召唤着我——我的爱人啊,
我要能与你分别在大海上,
我就会更加称心如意,
纵有北极风狂暴地抽打海浪,
从深渊里浮上来
栖息在海底的
张着血盆大口的
<u>鲨鱼和鳄鱼</u>——
相信我,玛蒂尔德,亲爱的,
狂暴的海洋和莽莽的森林
都并不多么危险;

危险的倒是咱们现在的栖居!
无论群狼和兀鹰多么可怕,
无论鲨鱼和海怪多么可怕,
更可怕更凶残的野兽却出没在
巴黎。是的,巴黎——
这灿烂辉煌的世界之都,
歌舞升平,光怪陆离,
魔鬼的天堂,天使的地狱——
要我在这里和你分手,
我怎能不冒火,不生气!

黑色的苍蝇在我床头飞旋,
嗡嗡嗡地将我嘲笑;
这帮无赖落在我的额头
和鼻子上——实在可恼!
其中一些长着人似的嘴脸,
鼻子长得像印度的象头神——
这时我脑袋里也闹腾开了,
我想是在收拾行李吧,
我的理智即将离去——
唉,可悲! ——它竟先我起程。

天生的一对

你望着我,热泪涌流,
以为在哭我的不幸——
你不知道啊,亲爱的,
这眼泪也有你的份!

啊,告诉我,可有预感
时时袭扰你的心灵?
可有预感向你宣示,
我俩命中注定要心连心?
在一起,我们快乐幸福,
分开了,只有痛苦沉沦。
命运的大书上写着:
我俩应该相爱相亲。
我的怀抱是你的归宿,
你的自我在这里觉醒;
花朵啊,是我用亲吻
使你解除植物的混沌;
你的生命价值提高了——

我给了你的躯体一个灵魂。

如今谜底已经揭晓,
钟漏的沙已经流尽——
啊,别恸哭,命该如此——
我将离去,你将独自凋零;
凋零憔悴,尚在盛开之前,
烟消火灭,未及炽烈旺盛;
你还没生活已经死去,
死神已经攫住你的灵魂。

如今我知道了,上帝做证,
你是我真正爱的女人!
多么惨啊,正当省悟之时,
却敲响了永远分离的钟声!
欢迎和告别在同一时刻,
今天我们就各奔前程。
我俩再无相逢之日,
即便到了上界天庭。
你的美貌将沦落尘埃,
随风飘散,余音荡尽。
我们诗人却不一样,

死神不能把我们战胜。
尘世的毁灭其奈我何,
在诗歌之国我们得享永生,
永生在仙女之乡阿瓦龙[1]——
永别了啊,仅剩下躯壳的美人

---

[1] 阿瓦龙为中古传说中的仙岛,为亚瑟王之妹仙女摩尔伽娜统治之地。亚瑟王及其部下在死后都被送到这片乐土。

忠 告

在你写的寓言里,
每个人物都得用真名实姓。
不这样做你更加倒霉:
立刻有一打老傻瓜跳出来,
自称是你写的驴子的原型——
"可不,这正是我的长耳朵!"
他们争着嚷嚷,"这可怕的叫声
也正是我的嗓音!
这头驴子无疑是我,尽管没有
道出姓名;我的日耳曼祖国啊,
它一眼就能将我认清!
我就是这头驴子!
咿——喝!咿——喝!"
就这样,你为照顾一个傻瓜,
临了儿却惹恼了一打。

渴望安宁

让你的伤口流血,
让你的泪水长流——
痛苦中藏匿着快慰,
哭泣乃甜美的膏油。

要是别人没伤害你,
那么你就必须自戕;
也要好好感谢上帝,
即使泪水沾湿脸庞。

白昼的喧嚣已经沉寂,
夜晚拖着黑纱降临。
它怀里再没有恶棍、
傻瓜搅扰你的安宁。

在这儿不用怕音乐,
不再受钢琴的苦刑,
不见大歌剧的豪华,

不闻震耳的轰鸣声。

在这儿也不受他们
迫害、折磨，不管
是那帮虚荣的大师，
或是基阿科莫[1]世界闻名。

坟墓啊，你就是天堂，
对怕吵的耳朵、心灵——
死亡固然好，但最好
是压根儿不曾降生。

---

[1] 基阿科莫（Giacomo Meyerbeer，1791–1864），是当时柏林的音乐总监和歌剧作曲家，一个因拉帮结派而令海涅避之唯恐不及的讨厌家伙。

1855

警 告

不要用冷冰冰的语调,
伤害那个陌生小伙子,
他可怜巴巴地求你布施——
他没准儿是神的儿子。

有朝一日你再见到他,
灵光将环绕着他的头:
他谴责你的严厉目光,
你的眼睛将难以忍受。

铭 记

你永远别去戏弄
那些头脑昏聩的小市民，
那些心地狭隘的蠢人。
在我们的戏谑中，
只有宽广而聪慧的心灵
始终能发现友爱之情。

我的白昼明朗……

我的白昼明朗,我的夜晚幸福。
我的诗是欢乐,我的诗是火焰,
曾经把不少美丽的烈火引燃。
每当弹起诗琴,人民总对我欢呼。

我的夏天虽然仍旧鲜花盛开,
可收获已被我运回到仓库里——
现在我就要离开一切的东西,
它们曾把世界变得珍贵、可爱。

诗琴已然从我的手中滑落。
酒杯刚兴奋地端到骄傲的唇边,
它却已经摔成了碎片。

主啊!死亡既丑陋又痛苦哦!
主啊!活在甜美而愁苦的尘寰,
苦虽说苦却十分甘甜!

我不嫉妒那些幸运儿……

我不嫉妒那些幸运儿，
为了他们的生活；
我只嫉妒他们的死——
没有痛苦，干脆利落。

衣着华丽，头戴桂冠，
嘴唇上漾着笑意，
正乐享人生的盛宴——
突然已遭到死神袭击。

身穿礼服，佩戴玫瑰，
容光焕发一如生前，
受着福丢娜[1]的宠幸，
从容抵达了阴间。

从未因病痛形象丑陋，

---

[1] 福丢娜（Fortuna）系罗马神话里的幸福女神。

遗容仍然整洁光鲜，
由冥后普罗瑟彼娜
恭敬地迎进内殿。

我好羡慕他们的命运啊！
恶疾缠身，辗转反侧，
我想死却又死不了，
痛苦挣扎已有七年！

主啊，请缩短我的痛苦，
让人马上将我埋掉；
我可没有殉道者的
天赋哦，这你知道。

对你的自相矛盾，主啊，
请允许我表示吃惊：
你创造了最快活的诗人，
却夺去他的好心情。

痛苦麻木了快乐的感觉，
我已变得心情忧郁；
若不结束这可悲的玩笑，

我终会成为天主教徒。

我将像虔诚的信徒一样,
对你耳朵不断喊叫——
于是最棒的幽默诗人,
求主怜悯!也就没了!

钟点，天日，无尽的永恒……

钟点，天日，无尽的永恒，
时间啊都好像蜗牛爬行；
这些个大蜗牛暴戾野蛮，
把它们的触角伸得老远。

有时候在空虚的荒漠里，
有时候在茫茫的雾海里，
金光闪烁，美丽又灿烂，
恰似我亲爱的人的青眼。

然而欢乐就在同一瞬间
消失殆尽，风流云散，
留下的只是可怕的病痛，
还有我心情的无比沉重。

劝 告

你满怀激情,又有勇气——
本来也是好事!
然而就算激情犹如珍宝,
仍不能代替冷静思考。

敌人不为正义、光明而战,
这我心里了然——
不过他们有枪,有不少
大炮,重型的野战炮。

冷静地把你的枪举起——
扳上扳机——
好好瞄准——敌人倒地,
你的心也会不胜欣喜。

1649-1793-？？？？[1]

充当弑君者的不列颠人，
态度粗鲁，举止愚笨。
查理国王一夜不能成眠，
在白厅[2]熬过了最后一晚。
窗外有人在唱歌讥讽，
把断头台敲得乒乒乓乓。

法国人也不礼貌许多。
他们载路易·卡贝[3]去刑场，
用的只是辆出租马车，
没有按传统的礼仪排场，
让他乘坐豪华御辇，
真有伤陛下的威严。

---

[1] 1649年，英国资产阶级革命成功后废除帝制，处死了英王查理一世。1793年，法国大革命成功以后，法王路易十六和王后玛利·安东尼特先后上了断头台。
[2] 白厅是当时英国王宫所在地。
[3] 卡贝是法国王室的姓氏。

更倒霉是玛利·安东尼特,
她只得到一辆双轮马车;
陪伴她的不是侍从和宫女,
只有个无裤党人和她一起。
卡贝的遗孀一脸不屑,
哈布斯堡的厚嘴唇往上噘。[1]

法国人和不列颠人天生
全无心肝;只有德国人
才能始终心地纯善,
即使正把狠心的事干。
德国人对待自己的国君,
永远都会心怀着尊敬。

一辆六匹马拉的宫廷马车,
六匹马披纱戴花一片漆黑,
坐在前边的车夫哭哭啼啼,
垂着悲哀的鞭儿——如此
送德国君主上断头台受刑,
诚惶诚恐,毕恭毕敬。

---

[1] 玛利·安东尼特原为出身哈布斯堡王族的奥地利公主。

遗　嘱

我在生命垂危之际，
赶紧来立一张遗嘱。
我奇怪自己的心没有早碎，
它是如此恐惧，如此忧郁。

路易丝啊！你这女性的
骄傲，我要让你承受
十二件旧衬衫，一百只跳蚤，
外加三十万个诅咒。

我那位好友，他给我劝告，
却从来对我没有什么帮助，
作为临终遗言，现在我也劝他，
讨个母牛老婆，多多养些牛犊。

给谁好呢，我对圣父、圣灵
和圣子的信仰？我的宗教？

让中国皇帝和波森拉比[1]抽签吧,
他俩谁运气好谁要。

德意志的自由平等梦——
世间最美丽的肥皂泡,
我送给K市[2]的书报检查官,
它的营养自然不如黑麦面包。

还有我未竟的事业,
拯救德国的全套计划,
连同一个解酒药方,
我统统给巴登[3]议会留下。

这顶洁白如雪的睡帽,
我遗赠给我的老表,[4]
他从前为羊们的权利大声疾呼,
如今却沉默如罗马石雕。

---

[1] 波森即当时处于普鲁士统治下的波兰城市波兹南,那里犹太人比较多。拉比为犹太教的学者或教士。
[2] 原文为Kraehwinkel,泛指德国一般狭隘、庸俗而专制的小城市。
[3] 巴登是德国当时的一个邦,巴登议会的议员多为自由主义的反对派。
[4] 指鲁道夫·克里斯蒂亚尼。

斯图加特的风化稽查,[1]
宗教事务也归他管辖,
我送他两支手枪(却没装子弹),
他可拿去将老婆恐吓。

我把我的臀部模型,
遗赠给施瓦本诗派,[2]
你们看不惯我的面孔,
我的臀部该使你们愉快。

尚有一打通便药水,
我留给那位高贵的诗人[3],
是啊,他的歌喉已梗塞多年,
唯有爱、信、望抚慰他的心。

这便是我的全部遗嘱,
可结尾还得加条附注:

---

[1] 指沃尔夫冈·门采尔,他曾向德国反动政府告发"青年德意志派",海涅因此要跟他决斗,他却不敢接受。故而诗中有手枪没装子弹的讽刺。

[2] 指当时施瓦本地方的一些诗人,他们与反对派妥协,为海涅所不齿。1837年,作家沙米索编辑的《德国缪斯年鉴》曾刊登海涅肖像,施瓦本派诗人对此表示不满,故有"你们看不惯我的面孔"一语。

[3] 指施瓦本诗派领袖、浪漫派诗人乌兰特(Uhland, 1787-1862)。

倘若遗物没有人领取

便统统归入罗马圣库。[1]

・

[1] 结尾这句诗集中表现了海涅对封建制度的支柱——反动教会的深刻仇恨。

帕格尼尼（音乐小说）
（附录）

《帕格尼尼》是《佛罗伦萨之夜》的一个片段，堪称德语 Novelle（中、短篇小说）里一篇既内涵丰富深刻，又艺术精湛、极具审美欣赏价值的杰作珍品。写的是具有传奇色彩的意大利天才小提琴家帕格尼尼的一次演奏会。海涅以美妙、具象和强有力的语言，将演奏家琴弦上流泻出来的不可见的音乐，化作了一个个可见可感的或绮丽动人，或惊心动魄，或光明灿烂的场景，为钱锺书先生曾经论及的"通感"现象提供了一个生动范本。小说中的四个场景写得可谓出神入化，不只反映帕格尼尼生活中的四个阶段，还抒发他内心深处对幸福、自由和光明的渴望、向往，并替自己在奥地利异族统治下失声失语的同胞，发出了反抗和解放的呐喊。

《海涅诗选》破例收入这个小说片段，以其作为海涅小说散文的一个样本，读者不难由它窥见散文大家海涅创作的全貌。

——译者

＊

很遗憾，李塞尔作的那幅小画眼下已不在我手边；要在，您对帕格尼尼的外貌也许就会有所了解了。他那副尊容实在是古怪，与其说属于这阳光灿烂的人世，还不如说属于那弥漫着硫黄臭味儿的阴间，所以只能用浓黑的线条，虚虚几笔描摹出来。

"说实话，是魔鬼把着我的手在画哩！"那位聋画家对我说。说这话时，他和我一块儿站在汉堡阿斯特河畔的一座凉亭前面，正好是帕格尼尼将在城里举行首次演奏会那天。"真的，朋友，"他接着说，"世人讲的一切有关他的故事，都千真万确：他把自己抵押给了魔鬼，连肉体带灵魂，就为的是能成为最优秀的小提琴家，为的是能拉琴挣大钱，但首先却为了能从苦役船上逃下来；在这该死的苦役船上，他已受了许多年的熬煎啦。因为，听我讲，朋友，他在卢卡城当乐队指挥时，爱上了一名歌剧皇后，可后来，由于跟一个小青年争风吃醋，没准儿戴了绿头巾吧，一气之下便把他那不忠实的阿玛塔杀啦，自己也就上了苦役船。未了儿，他据说是把自己抵押给了魔鬼，为了能逃脱苦刑，为了能成为最杰出的提琴家，为了今晚能从咱们每人口袋里诈取两块银圆……可瞧哟！上帝保佑！您瞧，他不是正好从那边来了嘛，还带着他那个神秘的仆人！"

来人果然是帕格尼尼。他穿着一件深灰色外套，长得几乎跟脚背一般齐，使他的身材显得来高挑挑的。他满头黑色的鬈发，乱纷纷地披散在两肩之上，给他死尸般苍白的面孔镶上了一个黑框。在这张面孔上，苦闷、天才以及地狱都刻下了不可磨灭的印记。在他身边，一蹦一跳地走着个小矮人儿，神态悠闲,打扮滑稽:一张布满皱纹的红通通的脸儿,浅灰色外套上铜纽扣亮晶晶的,一边走一边向四周嬉皮笑脸,点头哈腰,时不时又仰起头去惶恐不安地瞅一瞅他的主人;他主人板起面孔,一本正经地、若有所思地走在他旁边。瞧着他们俩,使人不由得想起雷契[1]画那张浮士德与瓦格纳在莱比锡郊外散步的插图来。关于眼前这两位,聋画家作了惊人的说明,并特别要我注意帕格尼尼那跨得很慢很开的步子。

"不是吗,"他说,"他那两条腿中间好像还戴着铁枷似的?他已经习惯这么走道儿,一辈子也甭想改过来啦。您再瞧,当他的仆人问这问那,问得他不耐烦的时候,他是以何等轻蔑的目光在俯视着他啊。可他又离不开这个随从,一张血写的契约,把他和他紧紧地结合在一起了;而这仆人不是别个,正是魔鬼本身。老百姓不明真相,都道他是汉诺威[2]的喜剧和轶事作家哈里斯,帕格尼尼在旅途中带上他,让他帮着料理开音乐会的财务。其实呢,魔鬼只是借用了乔治·哈里斯先生的肉体,把这个可怜人的可怜的灵魂连同其他破烂儿,都一股脑锁在了他汉诺威家中的一口木箱里,一直要等到魔鬼再把躯壳还给他,他的灵魂才能出来。这以后,魔鬼兴许会换上一副更体面的模样,即是说变成一条黑狗[3],陪着他主人帕格尼尼继续漫游世界。"

要说这会儿还在大白天,我看见帕格尼尼从汉堡处女大街的绿树下走来,心中已感到神秘可怕的话;那么到了晚上,他

---

[1] 雷契(1779—1857),德国著名画家和蚀刻家,为歌德的诗剧《浮士德》作过插图。
[2] 德国城市名。
[3] 在《浮士德》中,魔鬼靡菲斯托开始时曾以黑犬的形象出现。

这怪诞离奇的形象，就更使我惊诧骇异了。

音乐会在汉堡喜剧院举行，爱好艺术的公众提早便把剧场挤得满满的，我好不容易才在乐池旁边抢到了个座位。尽管那天是收发邮件的日子，我仍在头等包厢中看见了汉堡整个有教养的商业界、银行家和其他百万富翁的奥林匹斯[1]，咖啡大王、食糖大王以及他们胖胖的王后，还有汪德拉姆的朱诺和德雷克瓦尔的阿芙洛狄特[2]，全都济济于一堂。大厅中一派宗教肃穆气氛。人人眼睛盯着舞台，个个耳朵竖着倾听。我邻座是一位上了年岁的皮货经纪人，这先生也把塞在耳朵里的脏棉球掏出来，以便把花了他两个银圆门票钱的宝贵声音尽可能多地吸进去。等了很久，终于在舞台上出现了一个黑色的人影，那模样看上去恰似刚从地狱里逃出来的。他就是穿上了黑礼服的帕格尼尼。你瞧他那可怕的黑燕尾服和黑坎肩，恐怕只有按照冥府女王宫中规定的样式才剪裁得出来。再说套在两根瘦腿上那条黑裤子，也是要垮不垮，荡来荡去的。他一手提着琴，一手握着弓，不住地朝观众行着鞠躬礼，琴和弓几乎拖到地板上，他的胳膊就越发显得长。他鞠躬时身子差点儿弯成了直角，显示出木头似的僵硬，且带上一股子野兽般的狂劲儿，真个叫人忍俊不禁。然而，他那在舞台的强光下变得更加惨白的面孔，却流露出某种哀哀求告的表情，某种白痴似的卑怯神气，使我们心中对他

---

[1] 奥林匹斯山为希腊神话中的众神聚居地。
[2] 朱诺是罗马神话中的天后；阿芙洛狄特是希腊神话中的美神和爱神，相当于罗马神话中的维纳斯。汪德拉姆（Wandrahm）和德雷克瓦尔（Dreckwall）是汉堡的两个街名，暗含"脂肪的墙壁"和"垃圾的堤坝"之意，被海涅巧妙地用来挖苦那些脑满肠肥、卑鄙龌龊的富商。

产生强烈的同情,把笑的欲望完全压了下去。他那么个鞠躬法,是跟一部机器学的呢,还是跟一条狗学的呢?他那哀哀求告的目光,是表现着一个病笃者的绝望呢,还是隐藏着一个狡猾吝啬鬼的讥诮呢?他究竟是一个活人,眼看自己即将告别人世,因此像个垂死的角斗士似的,想以自己身体最后的抽缩痉挛,在艺术的角斗场上来娱悦观众呢,还是只是一个死鬼,一具才从墓穴里爬出来的手执小提琴的僵尸?这僵尸纵然不如人们传说的那样,能吸尽我们心中的鲜血,却可以吸去我们口袋里的钱币。

在帕格尼尼对着观众一鞠躬再鞠躬之际,这样一些问题便不停地翻腾在我的脑海里。可谁想到,一当大师把他那琴往颚骨底下一夹,这种种想法便烟消云散了。至于说到我本人,各位都知道我具有一种特殊的音乐视力,一种听见任何声音同时便看见相应形象的奇异禀赋。所以,帕格尼尼每拉一弓,我眼前都出现各式各样的人物和景象,仿佛他用一种有声象形文字,向我讲述无数惊人的故事,仿佛他在为我演出五彩皮影戏,而在每出戏中,他都拉着提琴,担任戏中主角。在他拉第一弓时,他周围的布景就变了。转眼间,他站在了一间明亮的屋子里,面前立着谱架。屋里陈设显得凌乱而有趣,家具一律为矫饰的蓬巴杜款式[1]:满屋是小镜子,镀金的爱神塑像,中国瓷器,胡乱扔着的缎带、花环、白手套,撕碎了的金黄色花边,以及

---

[1] 蓬巴杜(1721—1764),是法王路易十五的著名情妇。所谓蓬巴杜款式,即十八世纪流行于欧洲的洛可可艺术风格,其特点是雕琢和多涡卷形花饰。

用金银纸做成的假珍珠和假金刚钻等等,总之,在一位歌剧皇后房中能见到的一切,这儿应有尽有。帕格尼尼本人也完全变了样,与刚才比起来是变得好得不能再好了:他穿着紫缎紧身短裤,银绒绣花坎肩,上衣滚着天蓝色绒边,纽扣全都是包了金的;头发精心地裹成了一个个小卷卷儿,把他那年轻红润的脸庞包在中间。他一边拉琴,一边含情脉脉地望着一个站在他谱架旁的美貌女子,脸上洋溢着柔情蜜意。

是的,我在他身旁看见了一个年轻的小美人儿,一身的古式打扮,白绸裙在髋部以下向外隆起,使腰肢越发显得纤细迷人,扑了粉的头发梳成一个高髻,使圆圆的脸儿更加爽朗俏丽,一双眸子满含秋波,小小的鼻子也不乏魅力,两边脸颊浓施脂粉,还点上了一颗美人痣。她手握一个白纸卷儿,嘴唇不停地翕动,上身卖弄风情摇来摆去,我终于明白,她是在唱歌呐。可她的歌声我一点儿也听不见,我只能从年轻的帕格尼尼为她伴奏的旋律中,猜出她唱的是什么,以及这歌声在帕格尼尼心中引起了怎样的感受。呵,这旋律是多么的优美啊!只有在春天的黄昏,蔷薇的芳馨使夜莺感到了春的来临,因而陶醉于对幸福的渴望中时,它才会唱出这样的歌。呵,那又是一种何等甜蜜而令人销魂的幸福啊!只听得琴声袅袅,宛如一对情侣,时而亲吻戏谑,时而追逐逃奔,临了儿便嬉笑着拥抱在一起,融合为一个整体,消失在和谐之中。是的,琴音宛如两只蝴蝶,在做着快活的游戏,一只在对另一只进行挑逗后逃开,躲在一朵鲜花背后,但终于被同伴找到了,便双双欢快地在金色的阳光中飘飘飞去。可是,只要有一只蜘蛛,仅仅一只蜘蛛,就足以给这一对相爱着的蝴蝶带来悲剧!年轻的帕格尼尼,他心中该是有了不祥的预感了吧？只听一声悲哀的呻吟，像是即将袭来的风暴的先兆，偷偷进了从帕格尼尼琴上涌流出来的欢快旋律中……他的眼眶湿润了……他跪倒在他的阿玛塔脚下，哀求着她……天啦！就在他俯下身去吻她的脚时，却发现床下躲着一个小小的情夫！我不知道他能把那个倒霉的家伙怎么样。只见热那亚人脸色变得跟死尸般苍白，愤怒地抓住年轻人就劈头盖脸一通耳光，然后又狠狠踢了几脚，便把他扔出门去；回转身来再从口袋里拔出一把长长的匕首，一下刺进了年轻美人的胸中……

"好啊！""好啊！"蓦地从四面八方响起这样的喊声。汉堡的热情男女，对伟大艺术家的演奏报以雷鸣般的喝彩。帕格尼尼结束了音乐会的第一部分，又在不停地向观众弯腰鞠躬，其次数比一开始更多，而且我觉得他脸上的表情比方才更卑怯、更可怜，呆滞的目光中充满恐怖，就跟个受苦的罪人似的。

"了不起，太了不起啦！单凭这一下子，就已值两块银圆！"我邻座的皮货经纪人一边搔耳朵，一边发着感慨。

说话间，帕格尼尼又已演奏起来，我眼前顿时呈现一片黑暗。琴声不再幻化成鲜明的形象和色彩，提琴家的身体也裹在了阴影中，一支撕人心肝的凄惨曲调，便从黑暗中飘送出来。偶尔，当头顶上那盏茕茕孤灯向他投下一团黄晕的光时，我才看清他的苍白的脸；在这张脸上，青春的火焰尚未完全熄灭。奇怪的只是，他身上的衣服变成两种颜色的了：一半是黄，一半是红。他脚上，戴着沉重的锁链；他身后，有一张面孔忽隐忽现，按照相面学的解释，生有这样一张面孔的人具有山羊的快活性格[1]。

---

[1] 在西方传说中，魔鬼长着山羊面孔和山羊蹄子。

除此之外，我还看见一只毛茸茸的长手，想来也该是属于山羊脸一起的吧，不时地在帕格尼尼拉着的琴弦上按来按去。有几回，这手还把着帕格尼尼的手，在帮助他更好地运弓哩。这当儿，从帕格尼尼琴上奔泻出来的痛苦音调中，便混进一声声羊叫似的怪笑，活像是在表示赞许。琴声如泣如诉，恰似私娶凡女的天使们被逐出天国，在忍辱含羞地沉沦到地狱中去时所唱的哀歌。这琴声仿佛是一个黑暗无底的深渊，连任何一点儿给人以希望与安慰的火星也没有。即使是天国中的圣徒们听见了它，他们也会嘴唇苍白，不仅唱不出赞美上帝的歌，而且会抱住自己虔诚的脑袋，伤心地痛哭一场呐！有几次，当悲痛的琴声中搀进来羊叫的时候，我便看见在背景上出现一群小小的女妖，她们时而高兴地点着邪恶丑陋的脑袋，时而又幸灾乐祸地打着嘲弄的手势。接下去，提琴便奏出来恐怖的音响，如哀号，如呜咽，叫人听着不寒而栗；这样的声音，在人间从未听到过，而将来也未必能听到，要不然就是在约瑟法山谷中吹响了末日审判的长喇叭，死鬼们都赤条条地从坟墓里爬出来，等着对自己的命运作最后的判决了……可突然，在痛苦煎熬中的提琴家猛拉一弓，疯狂而绝望地猛拉一弓，他脚上的铁链便咣啷啷断了，他那讨厌的助手连同对他进行嘲弄的女妖，也都悠然遁去。

"可惜，太可惜啦！"我耳畔又传来皮货商的声音，"他的一根弦崩了，这得怪他一个劲儿地老是Pizzikati[1]！"

他琴上的弦是否真有一根断了，我不知道；我只觉得提琴

---

[1] Pizzicato为意大利语，意思是用手指拨弦，皮货商经纪人错念成Pizzikati。

奏出的声音有了改变，帕格尼尼本人和他周围的环境，也随之换成了另一个样子。他身上裹着长大的修士袍，使我几乎认不出他来。连在袍上的风帽，遮住了他半个面孔。他腰间系着一条丝带，赤着足，脸上一股子狂热劲儿，孤傲地立在一块突出在海中的岩石上，拉着他的提琴。我觉得时间仿佛是黄昏，落日的余晖倾洒在无垠的海面上，把海水染得越来越红，越来越红。这时候，与小提琴奏出的神秘音响应和着，海潮的喧嚣也显得越发地沉浊了。而海水越红，天空却越白；当汹涌的海涛最后完全变成了猩红的血水时，天空便白得跟死尸的面孔一般，使人产生一种不祥之感。接着，星星也出来了，可却大得叫你害怕……呀！这些星星全是黑色的，黑得就跟煤块一般亮晶晶的。这当儿，琴声越加激越，越加奔放，从面目狰狞的提琴师眼中，喷射出充满破坏欲的咄咄逼人的火花。他那两片薄嘴唇急促而可怕的翕动，好像在念诵古老的咒语，以招来暴雨狂风，并把锁在大海深渊中的妖魔鬼怪通通都召唤出来。有几回，他从宽大的袍袖中伸出瘦长的胳膊，握着琴弓在空中划来划去，那模样好似一个巫师，在挥舞魔杖呼风唤雨。这当儿，海底便传来疯狂的呼啸，血一般的海水也掀起高高的浪涛，红色的水沫险些儿溅到了白色的天穹和黑色的星星上去。紧接着便是一阵啸叫声，怒吼声，隆隆声，犹如天塌地陷似的。而那位巫师呢，仍一个劲儿地把他那琴拉呀，拉呀。聪慧的所罗门王，把他降服了的妖魔关在一些铁罐子里，打上七重封印，然后沉到了海的深处。帕格尼尼却要凭自己不屈不挠的意志，强行启开这些封印。他的提琴发出愤懑的低吟，使我仿佛听见关在铁罐中的妖魔在怒吼。临了儿，我便听到了解放的欢呼，而同时，从血红的海涛中，就冒出一个个挣脱了枷锁的妖精的脑袋，无不狞恶可怖：生着一对蝙蝠翅膀的鳄鱼，长有两支鹿角的巨蟒，头顶着钉螺帽子的猢狲，胡须跟老祖宗一般长的海豹，脸颊上吊着乳房的女妖，脑顶门成驼峰形的大头鬼，以及其他各种无以名状的四不像，一个个鼓着阴森森的巨眼，伸出蛙蹼般的脚爪，向着拉琴的修士扑去……帕格尼尼狂热地只顾作法，头上的风帽滑到了颈后，卷曲的黑发随风飘动，宛如一条条黑色的小蛇在他头上盘绕蠕动。

这景象看着叫人神经错乱，为使自己不至于此，我捂住了耳朵，闭紧了眼睛。这一来，幻觉便告消失。等我再睁开眼来的时候，看见可怜的热那亚人已恢复常态，又在行他那老一套的没完没了的鞠躬礼，观众则兴高采烈地大鼓其掌。

"这就是著名的G弦演奏呵。果真名不虚传！"我的邻座指点着。"鄙人也玩过小提琴哩，知道要拉好它绝非易事。"他又说。

幸好幕间休息时间不长，否则我就免不了要听这位皮货行家大发一通关于音乐艺术的高论。只见帕格尼尼不动声色地又把提琴夹在下巴底下，将弓往上一搭，便奏出来了另外一种奇妙的旋律。它不再奔放热烈，而是平稳淳厚，慢慢地在空中回荡开去，犹如大教堂中的管风琴声一般庄严、雄浑。他周围的一切也逐渐长大升高，终于成了一个浩渺深远的空间，对于肉眼来说是无边无涯，唯有精神的慧眼才能看出它有多广多大。在这空间的中央，悬浮着一个光辉灿烂的圆球，球上有一位拉小提琴的巨人昂然而立。这圆球是否就是太阳呢？我说不上来。可站在球上的那个巨人，我却认得是帕格尼尼。不同的只是他已变得其美无比，脸上容光焕发，还带着慈祥和蔼的微笑。他健壮魁梧，一件天蓝色长袍裹住他高贵的身躯，黑得发亮的鬈发披在肩上。他端端正正站着，威严得如同天神一般。他拉着他的琴，天地万物全在屏息聆听。他俨然是一尊"人王星"，整个宇宙都围绕他转动，同时还发出庄严悦耳的和声。那些从他身旁冉冉飘过的巨大闪烁的亮光，不正是天上的星群吗？这星群在运动中产生的和谐音响，不又正是千百年来诗人和预言家们津津乐道的天籁吗？每当我极目朦胧的远方，就觉得看见了无数飘动着的白色衣裙，原来是一些拄着白色游杖的朝圣者，在向着帕格尼尼走来。真怪呀，他们游杖上的球形金顶，又恰是那些让我当成了星群的巨大亮光！朝圣者们循着一条圆形轨道，远远地围着拉琴的巨人转动。在他的琴声当中，他们游杖上的金顶越闪越亮，越闪越亮；他们嘴里唱着赞美诗，适才被我当成了天籁，原来不过是他琴声引起的回音。在这琴声里，蕴蓄着一种无以名之的神圣激情，时而神秘地颤动着如柔波细语，叫人几乎听不见一些儿声息；时而又如月夜的林中号角，甜美得撩人心弦；最后，却终于变成了纵情欢呼，恰似有一千个行吟诗人同时拨动琴弦，高唱着昂扬的凯歌。

这样的妙音呵，你可永远不能用耳朵去听；它只让你在与爱人心贴着心的静静的夜里，用自己的心去梦……

海涅生平及创作年表

1797年　12月13日出身于德国杜塞尔多夫的一个犹太人家庭，取名亨利·海涅。父亲萨姆孙·海涅做呢绒生意，母亲贝蒂·海涅是一位医生的女儿，爱好文艺。

1807年　进入故乡的高级中学学习，直至1814年。

1815年　十八岁前往美因河畔的法兰克福，进一家银行当见习生。

1816年　十九岁去汉堡，在叔父所罗门·海涅的银行里继续见习。

爱上了堂妹阿玛莉，并因此写了不少的爱情诗。

1818年　二十一岁时由叔父资助开办经销纺织品的亨利·海涅公司，不久即告失败。与此同时，父亲在汉堡也破了产。兴趣进一步转到了文学方面，尤其喜欢英国诗人拜伦。

1819年　在叔父资助下进入波恩大学法律系学习，曾听浪漫派的杰出理论家奥古斯特·威廉·施莱格尔的文学讲座并受到影响。参加学生运动。

1820年　秋季转入哥廷根大学继续学业，撰写论文《浪漫主义》，创作戏剧《阿尔曼梭尔》。

1821年　因与人决斗受到停学处分，遂转入柏林大学，听黑格尔讲课并深受其影响。出入柏林的一些文学沙龙，结识法恩哈根·封·恩泽夫妇,并通过他们认识了文坛名人如沙密索、福凯以及罗伯特夫妇。是年 8 月,因堂妹阿玛莉嫁给了富有的地主弗里德兰德而大为苦恼。

1822 年 创作戏剧《威廉·赖特克里夫》、散文《柏林通信》。在柏林的毛勒尔出版社发表头一批的诗歌。参加犹太人文化学术协会。游历波兰,撰写《论波兰》。

1823 年 在柏林的杜姆勒出版社刊行《悲剧与抒情插曲》。从柏林大学退学,在汉堡遇见并爱上了堂妹特莱萨。去吕内堡探望已迁居至此的父母。

1824 年 二十七岁重返哥廷根大学。游历哈尔茨山及附近地区,写成功《哈尔茨山游记》;途中转道魏玛拜访歌德。

1825 年 大学毕业前皈依基督教,成为一名路德派新教徒,改名为海因里希·海涅。是年 7 月获得法学博士学位,旅居北海之滨的诺德尼岛,创作游记《诺德尼岛》和组诗《北海集》。希望在汉堡当律师没有成功。

1826 年 《游记》第一卷(收《哈尔茨山游记》等)在汉堡的霍夫曼与康培出版社出版。再次旅居诺德尼岛。

1827 年 《游记》第二卷(收《北海集》等)在同一出版社出版。

旅居英国长达四个月之久,主要住在伦敦。《诗歌集》在汉堡的霍夫曼与康培出版社出版。归国后于 11 月移居慕尼黑,任科塔出版社《新政治年鉴》的编辑。申请大学教职未获成功。写作《英吉利片断》。

1828 年 游历意大利,走访米兰、热那亚、卢卡、佛罗伦萨和威尼斯等城市。写作《慕尼黑到热那亚旅行记》。12 月父亲病故。回到汉堡。

1829年 旅居柏林、波茨坦和赫郭兰岛。出版《游记》第三卷（含《卢卡温泉》等）。

1830年 三十三岁。初春发现咯血不得不休养。夏季再游赫郭兰岛，得知法国"七月革命"爆发的消息大为振奋，写成《赫郭兰岛通信》。

1831年 出版《游记补编》（含《英吉利片断》）。在汉堡谋取法律顾问的职务未果，遂于5月中旬移居巴黎，结识了巴尔扎克、柏辽兹、肖邦、大仲马、雨果、李斯特、乔治·桑等文艺界名流。开始为德国和法国的报刊撰写通讯，由此产生了《论法国画家》等一系列文艺评论，以及有关德法两国的历史、文化、哲学和社会、政治的其他论著。

1832年 为德国报刊写《法兰西现状》。

1833年 《法兰西现状》由霍夫曼与康培出版社集结出版。此外还出版了《德国近代文学史》和《沙龙》第一卷等。同年用法文为法国报刊撰写《论浪漫派》。

1834年 与巴黎姑娘E.C.米拉恋爱并同居。《沙龙》第二卷（收《论德国宗教和哲学的历史》）出版。

1835年 德意志联邦议会明令查禁青年德意志派作家的作品，海涅虽本不属此派别，却名列查禁名单的榜首。

1836年 创作小说《佛罗伦萨之夜》。《论浪漫派》经增补后结集出版。由于在德国国内不能再出书，叔父的资助也已断绝，被迫接受法国政府提供的流亡者救济金。

1837年 《沙龙》第三卷（含《佛罗伦萨之夜》《四元素精灵》等）出版。撰写《〈堂吉诃德〉序》和《论法国戏剧》。罹患眼疾。

1838年　发表《施瓦本法典》。

1839年　在巴黎的德罗叶出版社出版《莎士比亚笔下的少女和妇人》。

1840年　开始撰写论战文章《路德维希·伯尔内》，因此与某些左派文人结怨。

1841年　携女友米拉旅游比利牛斯山地区。8月31日与她正式结为夫妇，并为她取名玛蒂尔德。是年四十四岁。

1843年　发表动物史诗《阿塔·特罗尔——一个仲夏夜的梦》（叙事长诗）。时隔十三年第一次短期回到汉堡，探望母亲。

1844年　年底回到巴黎结识了卡尔·马克思。长诗《德国，一个冬天的童话》和《新诗集》合在一起出版。夏天再次短期回国。叔父所罗门·海涅逝世，开始与其家属发生遗产争执。

1847年　《阿塔·特罗尔——一个仲夏夜的梦》结集出版。创作舞剧脚本《浮士德博士》。年前罹患的脊髓痨开始加重。时年五十岁。

1848年　法国爆发"二月革命"，欧洲包括德国随之掀起革命高潮。

1851年　初夏最后一次外出参观罗浮宫，后因脊髓痨加剧而长期卧病于"床褥墓穴"。同年领取法国政府救济金的事为论敌所知，因此遭到攻击。诗体舞剧《浮士德博士》和诗集《罗曼采罗》出版。

1854年　《路台齐亚》结集出版。发表《流亡的神》和《自白》。

1855年　《诗歌集》出第十三版。女诗人兼翻译家爱丽丝·克里尼茨探望病中的海涅，代交一位维也纳作曲家用他的诗谱写的歌曲，从此得以常常接近诗人，成为诗人的最后一位红颜知己，再次激发起诗人海涅的创作热情，成了他最后的诗里常常提到的"飞蝇"穆什。1856年初，完成绝笔诗《受难之花》。两周后的2月17日逝世，终年五十八岁，遵照本人遗嘱安葬于巴黎的蒙马特公墓。其妻玛蒂尔德一直活到了1883年2月。

王荫祺编